맥베스

Macbeth

미래와사람 시카고플랜 002

맥베스

Macbeth

◆ ◆ ◆

윌리엄 셰익스피어

공민희 옮김

차례

Macbeth

맥 베 스 인 물 관 계 도

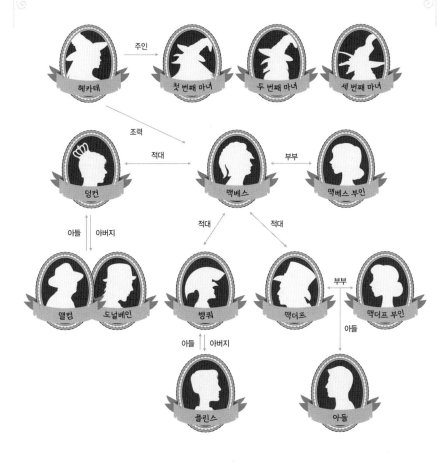

헤카테 — 주인 → 첫 번째 마녀 / 두 번째 마녀 / 세 번째 마녀

헤카테 — 조력 → 맥베스

덩컨 — 적대 — 맥베스 — 부부 — 맥베스 부인

덩컨 — 아들 / 아버지 — 맬컴 · 도널베인

맥베스 — 적대 — 뱅쿼

맥베스 — 적대 — 맥더프 — 부부 — 맥더프 부인

뱅쿼 — 아들 / 아버지 — 플린스

맥더프 부인 — 아들 — 아들

기타 등장인물

멘티스, 케이스네스, 레녹스, 앵거스   로스   시워드
(스코틀랜드의 귀족, 맬컴의 편에 섬)   (스코틀랜드의 영주)   (잉글랜드의 장군)

세이튼   주치의   귀부인
(맥베스의 수행 장교)   (맥베스 부인의 몽유병을 치료)   (맥베스 부인을 간병)

아들 시워드, 영주들, 하사관, 수행원, 군인, 의사, 문지기, 노인,
하녀, 하인, 전령, 다른 세 마녀, 뱅쿼의 유령과 다른 유령들, 살인자1, 2, 3

/

제1막

/

/

1장

/

황량한 들

황량한 들에 천둥 번개가 친다.

(마녀 세 명이 등장)

첫 번째 마녀 우리 셋이 언제 다시 모일까?

천둥이 칠 때, 번개가 내리꽂힐 때 아님,

비가 올 때?

두 번째 마녀 이 난리법석이 끝나면.

전쟁이 승패가 나면.

세 번째 마녀 그러면 해지기 전이겠네.

첫 번째 마녀 어디서 볼까?

두 번째 마녀 광야에서.

세 번째 마녀 거기서 맥베스를 맞이하자구.

첫 번째 마녀 지금 갈게, 그레이멀킨,

모두 두꺼비가 부르고 있어. 금방 갈게!

아름다운 건 추악하고, 추악한 건 아름다워.

안개와 더러운 공기를 헤치고 나아가자.

(전원 퇴장)

/

2장

/

포레스 근처에 자리한 막사

자명종 소리가 울려 퍼진다.
덩컨, 맬컴, 도널베인, 레녹스가 수행원들과 등장해
피를 흘리고 있는 하사관과 마주한다.

덩컨   피범벅이 된 저자는 누구지? 몰골을 보니
        반란이 새로운 국면을 맞은 것 같군.

맬컴   이쪽은 하사관입니다. 열심히 싸워 준 덕에
        제가 포로로 잡히지 않을 수 있었죠.
        정말 용감한 친굽니다! 잊어버리기 전에
        전하께 얼른 전투 상황을 말씀드려.

하사관   확실한 건 아닙니다만 수영 선수 두 사람이
        지쳐 엉겨 붙어 허우적거리는 것 같은
        모양새였습니다. 반역자라는 타이틀에 걸맞게
        맥돈왈드는 세상 모든 악으로 무장하고

웨스턴 아이슬에서 식량과 병력까지
지원받았습니다. 행운의 여신마저 이 반역자의
애인 마냥 실실거리며 빌어먹을 싸움에서
그의 편을 들었지요. 저희는 너무 지쳤습니다.
그런데 용감한 맥베스 장군이 명성을 증명하듯
행운의 여신 따윈 무시하고 검을 휘둘렀어요.
핏빛 복수전이 시작되었습니다. 왕의 용맹한
충견처럼 맥베스 장군은 앞장서 반역자와
대적했습니다. 그에게 악수를 청하지도,
인사를 건네지도 않았죠.
곧장 배꼽부터 목구멍까지 칼로 베버리고는
그자의 목을 성 외벽에 걸었습니다.

덩컨 와, 내 사촌 맥베스는 정말 용맹하구나!
과연 용사라 불릴만해!

하사관 그런데 햇살이 비친 하늘에 갑자기 무시무시한
천둥소리와 거센 폭풍우가 밀려들 듯
행운의 개울이 어느새 불행으로 흘러넘치는
샘으로 변해버렸습니다.
스코틀랜드 왕이시여, 제 얘길 잘 들어보세요.
맥베스 장군이 이끄는 용맹한 전사들이
들이닥치자 반란군들은 걸음아 날 살려라 하며
도망쳤습니다. 그 틈에 노르웨이의 왕이

유리한 고지를 점령해 다시 무장하고
병력을 충원해 덤벼드는 게 아닙니까.

덩컨 그래서 맥베스와 뱅쿼 장군이 당황해하지는
않았나?

하사관 참새가 독수리를, 토끼가 사자를 보고 놀란
것처럼 당혹해했습니다. 하지만 제가 목격하기론
적진의 대포가 두 번 땅을 가르면 저희 쪽에서도
두 배로 대항했습니다. 상처에서 흘러내리는
피로 목욕을 하려는 건지 해골로 뒤덮인
골고다 언덕을 이곳에 다시 세우려는지 알 수
없지만 사력을 다해 싸웠습니다. 전 지금 정신이
아득해지고 있습니다. 상처가 깊어 제 안의
목소리가 살려달라고 아우성치고 있어요.

덩컨 자네의 상처가 지금 한 이야기가
사실이라는 걸 분명히 알려주는군.
둘 다 명예로운 향기를 풍기고 있어.
여봐라, 이 자를 얼른 군의관에게 데려가라.

(하사관이 부축을 받으며 퇴장)

덩컨 밖에 누가 왔느냐?

(로스가 등장)

맬컴 훌륭한 로스의 영주가 왔습니다.

레녹스 눈동자가 왜 저렇게 흐리멍덩한 거야?

몰골도 엉망인 게 분명 나쁜 소식을 전하려나
봅니다.

로스 전하!

덩컨 로스의 영주, 어디서 오는 길이오?

로스 파이프에서 오는 길입니다. 전하.

노르웨이군의 깃발이 사방에서 펄럭이고

우리 백성들은 두려움에 떨고 있습니다.

그놈들은 수가 엄청나고 비열한 반역자

코더 영주의 도움을 받았습니다.

다행히 전쟁의 여신 벨로나가 아내처럼

붙어 있는 맥베스 장군이 창 대 창,

무기 대 무기로 열심히 싸워 결국 우리에게

승리를 안겨주었습니다.

덩컨 참으로 기쁜 소식이군, 그래!

로스 상황이 이렇다 보니 노르웨이의 왕 스웨노가

휴전을 청해왔습니다. 전열을 가다듬으려는

것이겠지요. 그자가 자기 군사들을 순순히

묻게 놔둘 순 없죠. 세인트 컴에 1만 달러를

배상하기 전까진 대응하지 않을 생각입니다.

덩컨 배신한 코더의 영주를 가만둘 수 없지.

그자를 당장 사형시켜라. 그리고 코더의
영주 자리는 맥베스에게 주도록 하고.
로스 네, 그렇게 처리하겠습니다.
덩컨 반역자가 잃은 걸 고결한 맥베스가 얻었구나.

(퇴장)

/

3장

/

황야

황야에 천둥이 내리꽂힌다.

(세 마녀 등장)

첫 번째 마녀   어디 갔었어?

두 번째 마녀   골칫거릴 죽이러.

세 번째 마녀   언닌 어디 있었는데?

첫 번째 마녀   뱃사람의 아내가 무릎에 밤을 올려놓고
　　　　　　　아작 아작 아작하고 까먹길래, "나도 좀 줘,"
　　　　　　　라고 했지. 그러니까 "썩 물러가, 마녀야!"하고
　　　　　　　엉덩이가 펑퍼짐한 여편네가 소리치더라고.
　　　　　　　타이거 호의 선장인 그 여편네 남편이 알레포에
　　　　　　　있어. 난 체에 올라타 그놈을 찾아갈 거야.
　　　　　　　꼬리 없는 쥐처럼 슬금슬금 다가가
　　　　　　　골탕을 먹이고, 또 먹일 거야.

두 번째 마녀 내가 바람을 불어줄게.

첫 번째 마녀 넌 참 다정하구나.

세 번째 마녀 나도 도울게.

첫 번째 마녀 다른 건 내가 직접 할 수 있어.

바람이 날 모든 항구로 데려다줄 거야.

선장의 지도가 나한테 있으니 어디든 갈 수

있지. 그놈을 건초처럼 바싹 말려버릴 거야.

낮이고 밤이고 잠 못 자게 괴롭혀서.

옥상 지붕에 매달아 놓으면 고생 꽤나 하겠지.

일주일 낮과 밤의 아홉 번에 아홉 번을

곱한 만큼 못 자게 하면 말라비틀어져

수척해질 거야. 폭풍에 잘 말려서 껍데기만

남도록. 지금 내가 뭘 가졌는지 볼래?

두 번째 마녀 보여줘, 얼른.

첫 번째 마녀 집으로 오는 길에 난파당한 선장의 엄지야.

안에서 두둥 하는 북소리가 들린다.

세 번째 마녀 북소리야, 북소리가 들려!

맥베스가 오고 있어.

모두 기이한 자매들아, 손에 손을 잡고

바다와 육지를 품고. 빙글빙글 돌자.

세 번은 네가, 세 번은 내가, 그리고 다시

세 번은 네가 그렇게 아홉 번을 돌자.
짜잔! 마법이 걸렸다.

(맥베스와 뱅쿼가 등장)

맥베스 들도 보도 못한 추악하고 아름다운 날이군.

뱅쿼 포레스까지 얼마나 걸릴까요?
저기 비루하고 단정치 못한 꼴을 한 자들을
보세요. 이 세상 사람의 모습이 아니군요.
저들은 누굴까요? 살아 있는 건지,
아니면 혼령일까요? 제 말을 알아듣는 것
같은데. 각자 짤막한 손가락을 메마른 입술에
가져다 댔군요. 여자예요. 그런데 턱수염이
나 있는 걸로 봐선 또 아닌 것 같고.

맥베스 입이 있다면 말해봐라. 너희들은 누구지?

첫 번째 마녀 만세, 맥베스, 만세. 글라미스의 영주!

두 번째 마녀 만세, 맥베스, 만세. 코더의 영주!

세 번째 마녀 만세, 맥베스, 곧 왕이 되실 분!

뱅쿼 장군, 저것들이 하는 말이 진실일까 봐
두려우십니까?
(마녀들에게) 진심으로 묻겠는데,
너희들은 환영이냐, 아니면 보이는 그대로냐?
내 귀한 동료를 맞이하며 현재의 직분과

앞으로의 직위에 대해 말하다니.

그는 귀족의 도리와 왕권에 대한 동경 사이에서

고심하느라 할 말을 잃고 말았어.

그런데 너희는 나한테는 아무 말도 안 하는구나.

너희가 시간의 씨앗을 들여다볼 수 있어서

어떤 낱알이 자라고 어떤 게 싹을 틔우지 못할지

안다면 말해봐. 난 칭찬을 구걸하지도

예언을 두려워하지도 않는 사람이다.

너희를 좋아하지도 증오하지도 않을 테야.

첫 번째 마녀 만세!

두 번째 마녀 만세!

세 번째 마녀 만세!

첫 번째 마녀 맥베스보다 부족하지만 더 많으신 분.

두 번째 마녀 맥베스만큼은 행복하지 않지만

훨씬 행복하신 분.

세 번째 마녀 스스로는 아니지만 자녀를 왕위에 올리실 분.

그러니 만세, 맥베스와 뱅쿼!

첫 번째 마녀 뱅쿼와 맥베스, 만세!

맥베스 잠깐만, 더 구체적으로 말해봐.

내 아버지 시넬께서 돌아가셨으니 그 자리를

이어 내가 글라미스의 영주가 된다는 걸 알아.

하지만 어떻게 코더를? 그곳 영주가

버젓이 살아 있고 그는 전도유망한 분이야.
왕이 된다는 말은 또 뭐지?
코더의 영주가 된다는 말보다 더 못 믿을
이야기군. 어째서 그런 말을 하는 거냐?
너희는 어디서 이상한 소리를 들어
이 혹독한 황야에서 우리 앞길을 막고
수수께끼 같은 예언을 던지는 거지?
장군의 직위로 명하니 솔직히 밝혀라.

(마녀들이 사라진다)

뱅쿼 땅에도 물처럼 거품이 있고 저들도 거품인가
봅니다. 대체 어디로 사라졌을까요?
맥베스 하늘로, 그리고 바람에 녹아 없어진 것 같군.
가지 말았으면 했는데!
뱅쿼 우리가 여기서 실제로 무슨 말을 들은 건가요?
아니면 죄수들을 미치게 하는 약초라도 먹고
정신이 나간 걸까요?
맥베스 자네의 자손이 왕이 될 거라고 했어.
뱅쿼 장군께서 왕이 될 거라고도 했어요.
맥베스 그리고 코더의 영주도 된다고 말하지 않았나?
뱅쿼 그랬죠. 거기 누구냐?

(로스와 앵거스가 등장)

로스   맥베스 장군, 전하께서 승전 소식에 기뻐하시고
반역자를 물리친 그대의 경이로운 용맹함을
무척 칭찬하셨습니다. 이후 들어온 보고들까지
칭찬 일색이라 말문이 막히실 정도였죠.
노르웨이 진영에서 두려움 없이 적을 물리치며
죽음의 장관을 선보이셨다죠. 확실히, 제대로
우리 왕국을 지켜낸 장군에 대해 모두가
입을 모아 칭찬했습니다.

앵거스   우리는 전하께서 당신을 기다리신다는 소식을
전하러 왔습니다. 포상을 하러 온 게 아니라요.

로스   전하께서 장군을 코더의 영주로 임명하라고
제게 명예로운 임무를 주셨습니다.
스코틀랜드에서 가장 중요한 영주의 자리가
이제 당신의 것입니다.

뱅쿼   세상에, 악마가 한 말이 사실이란 말이야?

맥베스   코더의 영주가 아직 살아 있는 걸로 알고 있소.
나더러 그 옷을 빌려 입으란 말입니까?

앵거스   그자는 살아 있으나 목숨을 구하지 못할
무거운 죄를 지었으니 물러나야 마땅합니다.
그가 노르웨이와 손을 잡았는지,
반역자 무리와 한패가 되어 도와주고

이득을 챙겼는지, 두 짓거리를 다 해서
나라를 분열시키려고 했는지는 모릅니다.
하지만 그는 반역자고 자백과 증거가 분명하니
물러나게 될 겁니다.

맥베스 (방백) 글라미스와 코더의 영주라니!
이제 최고의 자리만 남았구나.
(로스와 앵거스를 향해) 여기까지 알려주러 와서
고맙소.
(뱅쿼에게) 자네 자식들이 왕이 되길 바라지
않나? 코더의 귀족 자리가 내게 왔으니 자네도
그것들의 말대로 될 게 아니야?

뱅쿼 (맥베스에게) 믿음직한 조국이 아직 장군에게
왕관을 내리지 않았지만 코더의 영주 자리는
주셨죠. 그런데 이상하죠. 어둠의 세력들은 종종
우리에게 해를 입히려고 슬쩍 진실을 알려주고
믿게 만든 다음 그걸 미끼로 배신이라는
돌이킬 수 없는 결과를 가져오게 유도하니까요.
(로스와 앵거스에게) 사랑하는 사촌들,
할 말이 있어요.

맥베스 (방백) 두 가지 진실을 들었어. 이제 왕권이라는
부푼 꿈으로 향하는 행복한 서막이 열린 거야.
여기까지 와 줘서 고맙군요, 여러분.

맥베스 (방백) 이 초자연적인 예언이 거짓일 리가 없고
진실일 리도 없어. 거짓이라면 왜 나에게
성공이라는 진실을 알려주는 것일까?
난 코더의 영주가 됐어. 진실이라면 왜
상상만으로 머리카락이 쭈뼛하고
심장이 갈비뼈를 뚫고 나오려는 것처럼
소름이 돋지? 그들의 제안을 거스를 이유가
있을까? 지금 이 두려움이 너무 커
차라리 끔찍한 상상이 더 나을 것 같아.
살인은 환상일 뿐이지만 머릿속 생각이
날 짓누르며 무엇이 진실인지 판단할 수 없게
만들잖아.

뱅쿼 여보게들, 우리 영주님께서 넋이 나가셨어.

맥베스 (방백) 내가 왕이 될 기회가 있다면,
아니 기회가 내게 왕관을 준 거라면.
내게 온 것이지 빼앗은 게 아니야.

뱅쿼 새로운 명예가 찾아왔고 그 낯선 옷에 적응해야
곰팡이가 슬지 않는 법입니다.

맥베스 (방백) 올 테면 오라지, 아무리 힘든 날이라도
시간은 똑같이 흐를 테니.

뱅쿼 맥베스, 저흰 출발할 준비를 마쳤습니다.

맥베스 실례가 많았군요. 머리가 이상해져 잊어버린

일이 떠올랐지 뭡니까. 너그러운 신사 여러분,
그대들의 노고를 마음에 새기고
날마다 돌아보겠소. 어서 전하께 갑시다.
(뱅쿼에게) 우리가 겪은 일이 무엇인지는
시간이 흐르면서 자연히 알게 되겠지.
그때 서로의 생각을 나눠보도록 합시다.

뱅쿼 기꺼이 그러죠.

맥베스 그럼 이만하고, 여러분. 어서 가십시다.

(퇴장)

/

4장

/

포레스의 왕궁

(사람들로 북적거리는 가운데 덩컨, 맬컴, 도널베인,
레녹스가 수행원들과 등장)

덩컨 코더의 영주를 처형했느냐?
임무를 수행하러 간 자들은 아직 소식이 없고?

맬컴 전하, 그들은 아직 돌아오지 않았습니다.
그러나 반역자가 죽는걸 본 사람과 이야기를
나눴습니다. 그는 솔직하게 반역을 시인하고
죄를 후회하며 전하께 용서를 구했다고 합니다.
평생 가장 큰 업적이 죽을 때 보인 태도인
셈이죠. 제일 소중한 목숨이라는 자산을
기꺼이 내동댕이쳤습니다.

덩컨 얼굴만 보곤 사람의 마음을 알 도리가 없어.
그를 전적으로 믿었건만.

(맥베스, 뱅쿼, 로스, 앵거스가 등장)

덩컨 아, 소중한 내 사촌, 맥베스 장군!
자네의 공로를 보상하지 못한 죄책감이
내 마음을 무겁게 하고 있소. 어찌나 날렵한지
보답하려고 해도 따라잡을 새가 없었지.
그 고마움에 턱없이 못 미치겠지만 내가
줄 수 있는 걸 다 주겠다는 말은 꼭 전하고 싶군.

맥베스 제 임무와 충성심에 대해 내리신 상이면
족합니다. 전하를 모시고 이 나라를 지키며
자식이자 하인처럼 섬기는 것이 제가 해야 할
일입니다. 그 일을 하며 전하의 사랑과 명예를
얻는 데 감사할 따름입니다.

덩컨 무사히 돌아온 걸 환영하네. 자네를 나무처럼
내 마음에 심고 잘 자라도록 돌볼걸세.
뱅쿼, 자네도 당연히 칭찬받을 자격이 있어.
마찬가지로 공을 인정할 걸세.
이 가슴 가득 포옹해도 괜찮겠나?

뱅쿼 전하의 품속에서 자랄 수 있다면
수확은 전부 전하에게 바치겠습니다.

덩컨 정말 즐거운 날이야, 즐거움이 가득 차 마음속
슬픔을 흘려버리고 그 자리를 채우고 있어.
아들들, 친척들, 귀족들이여.

그리고 가장 가까운 곳에 사는 이들이여 들어라,

우리 제국에 널리 알리리라. 내 첫째 아들 맬컴,

이제 너를 컴벌랜드 대공이라 칭할 것이니

그 명예는 너에게만 주어진 것이 아니라

별처럼 고결한 상징으로 모든 이에게서

빛날 것이다. 지금 인버네스로 갈 것이니

맥베스 자네가 더 고생해 줘야겠어.

맥베스 고생이라니 당치 않습니다. 제가 전령이 되어

아내에게 전하가 오신다는 기쁜 소식을

먼저 전하겠습니다. 그럼 이만 물러가겠습니다.

덩컨 역시 귀중한 코더의 영주일세!

맥베스 (방백) 컴벌랜드 대공이라!

내가 넘어지든지 아니면 넘어뜨려야 할

장애물이군. 내 앞날을 위해서라면.

별들이여 그 빛을 가려라.

내 음흉하고 깊은 욕망이 드러나지 못하도록.

손이 하는 일을 눈이 보지 않아야 해.

그러면 나중엔 보고도 두려워 모른 척하겠지.

(퇴장)

덩컨 뱅쿼, 맥베스는 정말 용맹함으로 똘똘 뭉쳤군!

칭찬할수록 흥이 돋아. 그를 뒤따라가도록 하지.

우리를 환영하려고 먼저 나서다니
확실히 인품이 훌륭해.

(활기가 넘치는 궁정에서 모두 퇴장)

/

5장

/

인버네스에 자리한 맥베스의 성

(맥베스 부인이 편지를 읽으며 등장)

맥베스 부인 "전투에서 승리를 거두고 돌아오는 길에
그들과 만났소. 세속의 지혜보다 더 많은 것을
가진 이들이라는 걸 알았지. 난 욕망에 타올라
더 알려달라고 물었으나 그들이 공기처럼
흔적도 없이 사라져 버렸지 뭐요. 넋이 나가
가만히 서 있는데 왕의 전령이 도착하더군.
날 '코더의 영주'로 명한다는 전갈을 가지고
왔더라고. 그 괴상한 마녀들이 나에게 절하며
'만세, 왕이 되실 분!' 하고 소리쳤던 말이
생생한데. 이 이야기를 사랑하는 동반자인
당신에게 전하면 좋을 거라고 생각했소.
당신이 알지 못해 즐거움을 누리지 못하게

될까 봐 전하는 거요. 아직은 마음속에 고이
담아두길. 그럼 이만 줄이겠소."
글라미스와 코더의 영주가 되셨고 이제 그다음
약속대로 될 거예요. 그렇지만 난 당신의 성품이
걱정이에요. 빨리 목표를 이루기엔 친절이 너무
과해 흘러넘치지 않나요? 당신은 위대한 인물이
될 수 있고 그럴 야망이 있지만 그 야망을
실현할 강인함은 없죠. 높이 올라가고 싶어
하면서 신성함을 중요시해 가식적인 행동은
하지 않고 부정한 승리도 원치 않아요.
위대한 글라미스의 영주님, '얻고 싶다면
행동하라'고 외치는 소리가 들리지 않나요?
'가장 지혜로운 일을 하지 않는 것보다
두려워하는 일을 하는 편이 낫다고.' 말이에요.
얼른 집으로 오세요. 당신의 귓가에 제 생각을
불어넣어 줄게요. 운명과 형이상학이 당신에게
왕관을 씌워주려고 하는 이 황금 같은 기회를
막아서는 자가 있다면 제 용맹한 혀로 무찔러
버리겠어요.

(전령이 등장)

맥베스 부인 무슨 전갈이냐?

전령　전하께서 오늘 밤 이곳으로 오십니다.

맥베스 부인　그런 말을 하다니 제정신이 아니구나!

전하가 내 주군과 함께 오시는 게 아니고?

준비하라는 말은 없으셨는데.

전령　사실입니다. 전하께서 오십니다.

제 부하 중 한 명이 숨이 끊어질 듯

전력 질주해와서 전한 소식입니다.

맥베스 부인　그자를 잘 보살펴 줘라.

좋은 소식을 가져왔구나.

(전령이 퇴장)

맥베스 부인　까마귀가 까악거리며 내 성벽 안으로 들어오는

덩컨의 숙명을 알리는구나. 인간의 사고를 하는

정령들아, 내게로 와 머리부터 발끝까지

더러운 잔인함으로 무장하고 더 이상 여성이

아니게 해다오! 후회 따윈 하지 못하게

내 피를 끈적하게 만들고 자비가 이 엄청난

계획을 망치지 못하도록 해주렴!

어서, 내 가슴으로 와서 내 젖을

분노로 바꿔놓아라, 이 사악한 정령들아!

너희는 보이지 않는 모습으로 순리를 거스르고

있지 않으냐! 칠흑같이 어두운 밤아,

어서 지옥의 끔찍한 화염으로 몸을 감싸라.

내 칼에 찔린 상처가 보이지 않고

천국이 어둠의 담요를 들치며 "멈춰, 멈추라고!"

하고 소리치지 못하도록.

(맥베스 등장)

맥베스 부인 대단한 글라미스! 황금 같은 코더의 영주님!

이보다 근사한 칭호가 기다리는 분이여, 만세!

당신의 편지는 내게 무지한 현재 이후의 상황을

알려주어 벌써 미래에 와 있는 것처럼 기쁘군요.

맥베스 내 사랑, 오늘 밤 덩컨이 이곳으로 올 거요.

맥베스 부인 그리고 언제 가나요?

맥베스 예정은 내일이지.

맥베스 부인 아! 내일의 해를 보고 싶지 않아요!

당신은 이상한 얼굴을 하고 있군요.

정신을 좀 차려보세요. 눈동자, 손, 혀에

환영하는 느낌을 담아요. 아주 천연덕스럽게요.

순수한 꽃 아래 뱀이 숨어 있는 법이니까요.

덩컨은 이곳에 와야 할 운명이고

오늘 밤 우리의 위대한 계획을 제가 성사시켜

밝은 앞날이 찾아오게 만들겠어요.

맥베스 자세한 건 나중에 다시 이야기합시다.

맥베스 부인 환한 얼굴을 하세요.

절대 두려움을 들켜서는 안 돼요.

나머진 저에게 맡기세요.

(퇴장)

/

6장

/

맥베스의 성 앞

오보에를 부는 소년들과 횃불이 보인다.

(덩컨, 맬컴, 도널베인, 뱅쿼, 레녹스, 맥더프, 로스,

앵거스, 그리고 수행원들 등장)

덩컨 이 성은 위치가 좋군. 달콤하고 은은한 공기가
        감각으로 전해지는구나.

뱅쿼 이곳의 발 없는 여름 손님은 천상의 숨결을
        성 이곳저곳으로 전하는 사랑스러운 임무를
        해내고 있습니다. 돌출부, 프리즈, 버트레스를
        비롯해 좋은 위치마다 둥지를 틀었지요.
        새는 새끼를 키우기 가장 좋은 곳에 요람을
        만드는 법입니다. 제가 보기에도 공기가 아주
        좋습니다.

(맥베스 부인 등장)

덩컨 이봐, 저길 봐,

우리의 영예로운 안주인이 등장하셨어!

(맥베스 부인에게) 우리를 따라오는 사랑은

가끔 골치 아프지만 여전히 우리는 그 사랑에

감사하고 있어요. 부인에게 신세를 지게

되겠지만 하느님께서 우리에게 감사히 여기는

법을 가르쳐주실 테니 부인도 그렇게 생각해

주세요.

맥베스 부인 모든 임무는 두 번씩 다 살피고 다시 두 번을

더 해도 여전히 초라할 따름입니다.

전하의 깊고 넓은 명예가 저희 집에 가득 차게

되었으니 황송해서 몸 둘 바를 모르겠습니다.

게다가 주군에게 더 높은 지위를 주셨으니

그 은혜를 어찌 갚아야 할지,

부디 건강하십시오.

덩컨 코더의 영주는 어디 있나요?

우리는 곧장 그를 뒤쫓아와서 도와주려 했는데

그가 말을 너무 잘 타고 그의 박차도 충성심만큼

우렁차 따라잡을 수가 없었지.

영예로운 안주인, 오늘 밤 우리는 당신의

손님이 되겠소.

맥베스 부인 저희는 전하의 종으로 돌아가실 때까지

전하를 편하게 모실 것입니다.

덩컨 손을 내밀어 보세요.

날 이 성의 주인에게로 안내해요.

우리는 그를 몹시 사랑하고 계속 은총을

내릴 겁니다. 앞장서세요, 안주인.

(퇴장)

/

7장

/

맥베스의 성

오보에를 부는 소년들과 횃불이 보인다.

식사를 돕는 하녀와 하인들이 접시를 들고 와 무대를 가로지른다.

(그리고 맥베스가 등장)

맥베스 이번 한 번으로 끝날 일이면 재빨리 잘
끝내는 게 좋아. 결과적으로 암살이 될 테니까.
왕의 목숨을 끊으면 성공이지. 하지만 이 일로
내 모든 것이 끝장날지도 몰라.
그러나 시간의 재방과 모래톱 속에 사는
현재로선 앞으로 다가올 인생에 뛰어들 수밖에.
어떤 심판을 받고 피의 대가를 치를지는
나중에 생각하자고. 공평한 정의는 독이 든
성배가 되어 내 입술로 돌아오겠지.

덩컨 왕은 나를 무척 신뢰하고 있어.
난 그의 사촌이자 신하로서 살인에 강하게
맞서고 그를 초대한 집주인으로서 살인자에
대적해 문을 걸어 잠그고 내가 직접 칼을
들어서는 안 돼. 덩컨 왕은 천성이 온화하고
모든 일 처리가 분명한 인물이니 그의 미덕이
트럼펫을 부는 천사들처럼 살인자를 지목해
지옥으로 보내버릴 거야. 동정심이 갓난아이의
모습을 하고 폭발하듯 성큼성큼 나서고
천상의 케루빔이 보이지 않는 마차를 몰고
모든 이의 눈동자에 끔찍한 적의를 담으면
바람도 씻어내지 못할 눈물바다가 펼쳐지겠지.
난 내 의도를 조금도 드러낼 까닭이 없지만
그저 야망만 품고 있는 것으론 상대방에게
질 수밖에.

(맥베스 부인 등장)

맥베스 그래, 어떻게 됐어요?
맥베스 부인 전하가 눈치챌 뻔했어요. 왜 자리를 뜬 거예요?
맥베스 전하가 나에 대해 물었소?
맥베스 부인 물을 거라 예상 못 했어요?
맥베스 그 이야기는 그만둡시다. 전하가 날 칭찬했고

모두에게 칭송받아 지금 새롭게 빛나고 있는데
이리 쉽게 내팽개치고 싶지 않아요.

맥베스 부인 옷을 챙겨 입으면서 희망까지 삼켜버린 거예요?
여태 잠꼬대를 하는 거예요? 그렇다면 그만
정신 차리세요. 새하얗게 질려 엉망인 얼굴을
하고선. 뭐에 속박된 사람처럼. 지금부터 난
당신의 사랑을 믿겠어요. 당신은 욕망을
실현하려는 용맹한 행동이 두렵나요?
두려움을 인생의 액세서리처럼 달고 겁쟁이처럼
살면서 "감히 난 못해"라고 말하면서
"할 거야"가 나오길 언제까지 기다릴 건가요?
속담에 나오는 가엾은 고양이 신세가 될 건가요?

맥베스 부탁이니, 진정해요, 부인!
남자가 해야 할 일이라면 무엇이든 할 거고
누구도 나보다 더 잘할 수 없을 테니까.

맥베스 부인 그런데 대체 어떤 괴물이 당신의 계획을
단념하게 만들었나요? 실행에 옮긴다면
당신은 진정한 남자고 예전보다 더 나은 남성,
그 이상의 큰 인물이 될 거예요. 시간과 장소도
다 초월하던 당신이 지금은 그 두 가지가 갖춰져
있는데도 왜 어쩌지 못하고 있어요?
난 아이에게 젖을 먹여 부드러운 사랑이

무엇인지 알려주면서도 내 앞에서 웃으며 가슴을 핥는 아이에게 망설이지 않고 검을 찌를 수 있어요. 그러니 당신도 얼른 그렇게 하세요.

맥베스   우리가 실패하면 어떡하지?

맥베스 부인   실패한다고요? 마음을 단단히 먹으면 우린 실패하지 않아요. 하루가 고단했기에 덩컨은 금방 잠이 들 거예요. 수행원 두 사람에겐 내가 와인을 가져가 축배를 들자며 정신을 놓게 하고 경각심을 날려버리면 이성 따윈 연기처럼 사라질 거예요. 호색꾼이 잠들면 지독한 본성도 죽음처럼 드러눕는데 무방비한 덩컨에게 당신과 내가 다가가지 못할 이유가 어디 있겠어요? 그의 물러터진 장교들을 없애지 못할 이유가 있을까요? 우리가 진압하고 그들에게 죄를 씌우면 될 텐데요?

맥베스   사내아이를 낳아요. 당신의 대담한 용기는 오로지 남성다운 기개에만 어울리니까. 우리가 자기 방에서 졸고 있는 그 둘의 단검을 쓴다면 죄를 덮어씌우는 데 문제가 없겠지?

맥베스 부인   우리가 왕의 죽음 앞에서 슬퍼하며 울부짖으면 누가 감히 다른 생각을 할 수 있겠어요?

맥베스   마음을 다잡고 이 끔찍한 일을 제대로 해내겠소.

어서 가서 멋지게 연기해 시간을 벌어줘요.
가식적인 얼굴과 가식적인 마음으로 진실을
감춰요.

(퇴장)

/

제2막

/

1장

/

인버네스. 맥베스 성의 궁정

(뱅쿼와 횃불을 든 플린스가 등장)

뱅쿼 지금 몇 시쯤 됐니, 아들아?

플린스 달이 떨어졌어요.

시계 소리는 못 들었고요.

뱅쿼 달은 열두 시가 되면 내려가지.

플린스 횃불은 나중에 가져갈게요.

뱅쿼 잠시만, 내 검을 가져가렴.

천국에도 절약이라는 게 있는지

하늘의 촛불을 다 꺼트렸구나. 횃불도 챙겨가.

졸음이 납처럼 무겁게 날 짓누르지만

아직 잘 수가 없어. 자비로운 힘이시여,

제 속의 사악한 생각을 억눌러 쉬게 하소서!

(맥베스와 횃불을 든 하인이 등장)

뱅쿼   내 검을 다오. 거기 누구냐?

맥베스   아군일세. 자네 친구.

뱅쿼   맙소사, 아직 안 주무신 겁니까?

전하는 잠자리에 드셨어요.

전하께선 보기 드물게 즐거워하시고

장군의 성으로 선물을 가득 보내셨습니다.

친절한 안주인에 대한 감사의 마음으로

안주인께 친히 다이아몬드도 내리셨고요.

전하께선 말로 설명할 수 없을 정도로

만족하셨어요.

맥베스   준비되지 않은 상태로 제대로 모시지도 못했는데

당혹스럽군.

뱅쿼   다 괜찮습니다.

전 어젯밤 그 이상한 마녀들 꿈을 꿨지요.

장군께 앞날을 슬쩍 알려준 자매들 말입니다.

맥베스   전혀 생각도 못 했네.

하지만 자네가 짬이 난다면

한 시간 정도 그 이야기를 해보자고.

뱅쿼   그러시죠.

맥베스   때가 되었을 때 자네가 내 편에 서 준다면

명예로운 자리를 보장하겠어.

뱅쿼 그 기회를 최대한 누리면 전 잃을 것이 없겠지만
제 마음속 충성심은 아직 분명하니
생각해보도록 하겠습니다.

맥베스 그사이 좀 쉬시게.

뱅쿼 감사합니다. 장군도 좀 쉬세요.

(뱅쿼와 플린스가 퇴장)

맥베스 내 술상이 준비되면 종을 울리라고 부인에게
전해라. 그리고 너도 그만 자러 가도 좋아.

(하인 퇴장)

맥베스 내 앞에 보이는 게 단검일까?
손잡이가 내 쪽으로 향하고 있는 저 물건이?
이리 와, 잡아보자.
눈에 보이지만 손에 잡히지 않는구나.
치명적인 환영일까? 아니면
열기로 가득 찬 뇌가 만들어낸 허상일까?
지금 내가 차고 있는 검처럼 형상이
아주 또렷해 잡을 수 있을 것 같은데.
네가 바로 내 갈 길을 알려주는 대단한
무기구나. 다른 감각이 모조리 마비되고
눈만 살아 있는지 아직도 네가 보여.

그 칼날과 피로 얼룩진 손잡이,
좀 전까진 그러지 않았는데. 그럴 리가 없어.
이건 마음의 눈이 끔찍한 일이라고 알려주는
거야. 세상의 절반이 죽음에 이른 듯한 이 밤,
잠의 장막 속에서 사악한 꿈이 펼쳐지고 있어.
마법이 창백한 지옥의 여신 헤카테의
자식들을 감싸고, 쇠약하던 살인마는
감시병인 늑대의 울음소리에 단잠에서 깨어
로마 최후의 왕 타르퀴니우스가
황홀한 걸음으로 밤일을 나서는 것마냥
유령처럼 슬그머니 움직이지.
대지가 내 발자국이 어디로 가는지 듣지 못하길.
돌들은 두려움에 감히 내가 가는 길을
알리지 못하길. 시간이 이 끔찍한 적막을
깨트리지 않길. 내가 이렇게 위협하는 동안에도
그는 살아 있고 의욕은 넘치지만
말은 그저 차가운 숨에 지나지 않는구나.

종이 울린다.

맥베스 난 가야 해. 그리고 끝장을 볼 거야.
종소리가 날 불렀어.
덩컨, 저 소리를 듣지 않았길.

당신을 천국으로 데려갈 종소리니까.

아니면 지옥이든지.

(퇴장)

/

2장

/

같은 장소

(맥베스 부인이 등장)

맥베스 부인 술은 그들을 취하게 만들고 날 대담하게
해주었어. 그들의 불씨를 꺼트린 술이
내게는 불을 지펴주었어. 잘 들어봐! 조용히!
부엉이의 울음소리, 치명적인 종소리가
근엄한 밤을 알리고 있어. 그가 준비를 하겠지.
문은 열려 있고 과음한 수행원들은
임무를 팽개치고 코를 드르렁 골며 자고 있어.
내가 그들의 술에 약을 탔거든.
저들을 살릴지 죽일지를 두고
죽음과 대자연이 다투고 있을 거야.

맥베스 (안에서) 거기 누구야? 무슨 일이야!

맥베스 부인 아, 그들이 깰까 두려워. 아직 안 끝났구나.

시작했으면 끝을 봐야 하는데. 저 소리는!

내가 이미 그들의 단검을 준비해놨어.

남편이 못 봤을 리 없어.

우리 아버지의 잠든 모습과 꼭 닮지 않았다면

내 손으로 왕을 처리했을 거야.

(맥베스 등장)

맥베스 부인 여보!

맥베스 계획대로 일을 마무리했소.

시끄러운 소리 못 들었소?

맥베스 부인 부엉이와 귀뚜라미 울음소리만 들었어요.

당신이 무슨 소리를 낸 거 아니에요?

맥베스 언제?

맥베스 부인 지금요.

맥베스 내가 내려오면서?

맥베스 부인 네.

맥베스 잠깐만! 두 번째 방에 누가 자고 있지?

맥베스 부인 도널베인이요.

맥베스 참 안타까운 일이야. (자신의 손을 내려다본다)

맥베스 부인 안타까운 일이라니, 바보 같은 생각 말아요.

맥베스 한 명은 자면서 웃었고

한 명은 "살인이야!"라고 소리쳤어.

그리고 둘 다 깨어났지.

난 가만히 서서 귀를 기울였어.

하지만 그들은 기도를 하곤 다시 자려고 하더군.

맥베스 부인 둘이 같이 자고 있어요.

맥베스 한 명이 소리쳤어, "부디 은총을 내리소서!"

그러자 다른 한 명이 "아멘"이라고 했어.

죄를 지은 내 손을 목격한 것처럼.

둘이 두려워하며 내는 소리에

난 '아멘'이라고 답할 수 없었어.

"부디 은총을 내리소서!"라고 했을 때 말이야.

맥베스 부인 너무 깊이 생각하지 마세요.

맥베스 하지만 내가 "아멘"이라고 말하지 못한 이유가

뭘까? 은총이 가장 절실한 사람이 바로 나인데

왜 "아멘"을 입안으로 삼켰는지 원.

맥베스 부인 그 일은 이런 식으로 생각해선 안 돼요.

그러면 우린 미쳐버릴 테니까요.

맥베스 한 목소리가 절규하더군. "이제 자면 안 돼!

맥베스가 자는 사람을 죽일 거야."

잠은 우리를 무방비하게 만들어.

잠은 얽힌 마음의 실타래를 풀고,

일상의 죽음이자 욱신거리는 일꾼에겐

따뜻한 목욕과도 같아.

상처받은 마음의 연고일 뿐 아니라

대자연의 두 번째 과정이자 인생의 축제를

번영하게 하는 요인이고—.

맥베스 부인 대체 무슨 말을 하는 거예요?

맥베스 여전히 소리치고 있잖아.

"자면 안 돼!"라고 온 집에 다 들리도록.

"글라미스에서 자면 죽는다. 코더도 마찬가지다.

그래서 맥베스는 더 이상 잘 수 없다."

맥베스 부인 누가 그런 소리를 질렀다는 거예요?

고귀한 영주님, 당신은 많은 걸 확대해석하며

귀중한 정력을 낭비하고 있어요. 물가로 가서

손에 남은 불결한 증거를 씻어버리세요.

저 단도들을 왜 가지고 왔어요?

반드시 그 자리에 있어야 하는 것들인데.

저것들을 도로 가져가 자고 있는 사내들의

피를 묻히세요.

맥베스 난 이제 안 갈 거요.

내가 한 짓을 생각하기 두려워.

쳐다도 보기 싫다고.

맥베스 부인 약해빠져서는! 저한테 단도를 주세요.

잠과 죽은 자는 그림일 뿐이에요.

아이들의 눈엔 그림 속 악마가 두렵겠죠.

덩컨이 피를 흘리고 있으면 수행원들의 얼굴에
그 피를 발라두고 오겠어요.
그러면 그자들이 한 짓으로 보이겠죠.

(퇴장)
안에서 문 두드리는 소리가 들린다.

맥베스 누구지? 사방에서 날 부르는 소리가 대체 뭘까?
무슨 일인 거야? 하, 눈알이 뽑히는 것 같아!
위대한 포세이돈의 바다가 내 손에 묻은 피를
씻어줄까? 아니, 내 손이 무수히 많은 바다를
핏빛으로 물들여 오히려 푸른 바다를
붉게 만들 거야.

(맥베스 부인이 다시 들어온다)

맥베스 부인 제 손도 당신 손과 같은 색이 되었지만
전 마음이 하얗게 질려버린 게 속상할 뿐이에요.
(안에서 문 두드리는 소리) 남쪽 문에서 두드리는
소리를 들었어요. 우리 방으로 돌아가요.
물만 좀 묻히면 우리가 저지른 일은
지워질 거예요. 얼마나 쉬워요!
당신은 정신이 나갔군요.
(안에서 문 두드리는 소리) 쉿, 문 두드리는

소리가 더 들려요. 가서 잠옷을 입으세요.
적어도 우리를 부를 때 자고 있었다고 보여줘야
하니까요. 너무 깊이 생각하지 마세요.

맥베스   내 행동을. 아니 나 스스로에 대해
알지 못하는 편이 나아.

안에서 문 두드리는 소리가 난다.

맥베스   저 소리가 덩컨을 깨우길!
그럴 수 있다면 그렇게 해봐!

(퇴장)

/

3장

/

같은 배경

(문지기 등장)

문 두드리는 소리가 들린다.

문지기 왜 문을 두드리고 난리야!
지옥문의 문지기라면 열쇠로 돌리느라
정신 빠지겠네. (두드리는 소리) 똑, 똑, 똑!
악마의 이름으로 묻겠다. 거기 누구냐?
풍작을 기원하다 목을 맨 농부인가?
그렇다면 제시간에 왔구나! 여기서 땀을
흘릴 테니 천 쪼가리로 열심히 닦아봐.
(안에서 문 두드리는 소리) 똑, 똑!
다른 악마의 이름으로 묻는데 대체 누구야?
저울질하면서 믿음을 주지 않고 얼버무리는
자구나. 신을 거역했으니 천국으론 갈 수 없다.

55

얼버무리는 자여, 안으로 들어와!

(문 두드리는 소리) 똑, 똑! 거기 누구야?

몸에 딱 붙는 프랑스 바지를 훔친

영국 재단사가 납셨군. 어서 들어와,

여긴 얼빠진 네놈을 구워주기 좋은

지옥불이거든. (문 두드리는 소리) 똑, 똑!

절대 그칠 줄 모르는군! 당신 대체 누구야?

여긴 지옥이라고 하긴 너무 추워.

더 이상 악마의 심부름꾼 노릇은 못 해 먹겠어.

꽃길을 걷다가 꺼지지 않는 불 속으로

뛰어들고 싶은 자라면 들여보내 줄 마음도

있는데. (문 두드리는 소리) 갑니다, 가요!

이 문지기를 기억하길 바라오.

(문을 연다)

(맥더프와 레녹스가 들어온다)

맥더프 어제 늦게 잤나, 자네?

그래서 이렇게 늦게 문을 연 거야?

문지기 네, 저희는 두 번째 수탉이 울 때까지

술을 마시며 흥청거렸습니다.

덕분에 세 가지를 제대로 알게 되었죠.

맥더프 술이 특별히 일깨워 준 세 가지가 뭔데?

문지기 저, 그건 코가 빨개지고 졸리고 소변이 마려운
것입니다. 호색을 일으키기도 하고 그렇지 않기도
합니다. 욕망을 불러내지만 실행하지 못하게
하지요. 그래서 술을 많이 마시는 건
얼버무리는 자의 호색이라고 한답니다.
성욕이 생겼다가 줄었다가 불끈 솟았다가
다시 수그러들고 나대다가 다시 주저하고
일어나게 해놓고선 서지 못 하게 합니다.
결과적으론 잠에 빠져 드러눕게 만들곤
떠나지요.

맥더프 자네는 술을 마시고 지난 밤 뻗은 거구만.

문지기 그렇습니다.
술이 제 목구멍을 죄며 넘어뜨렸지요.
하지만 저도 보답을 했습니다.
제가 더 강하지만 그놈이 제 다리를 잡아채길래
저도 덮쳐버렸습니다.

맥더프 자네 주인은 깨어났는가?

(맥베스가 들어온다)

맥더프 우리가 문을 두드리는 소리에 일어나셨나 보네.
저기 오시는군.

레녹스 좋은 아침입니다, 영주님.

57

맥베스 두 분 다 좋은 아침입니다.

맥더프 전하께서는 깨어나셨나요, 영주님?

맥베스 아니요.

맥더프 전하께서 제때 깨워달라고 제게 명령하셨어요.
거의 늦을 뻔했지만 말입니다.

맥베스 전하께 가봅시다.

맥더프 영주님께는 즐거운 골칫거리라는 걸 압니다.
하지만 그럴 수밖에요.

맥베스 이 수고로움도 다 기쁨일 따름이죠.
여기가 문입니다.

맥더프 제 임무이니 대담해져야겠습니다.

(퇴장)

레녹스 오늘 전하가 떠나시나요?

맥베스 그렇습니다. 그럴 계획이셨죠.

레녹스 어젯밤은 엉망진창이었습니다. 숙소 굴뚝이
바람에 날아가 버렸고 사람들은 애통한
노랫소리가 하늘에 울려 퍼지고 죽음의 낯선
비명과 끔찍한 목소리가 들렸다고 하더군요.
지독한 소음과 혼란스러운 사건들로 통탄할 날이
올 거라고요. 무심한 새는 긴긴밤 울어댔답니다.
누군가는 땅이 들끓고 흔들렸다고 말했고요.

맥베스   정신없는 밤이었어요.

레녹스   제 짧은 경험으로 더 끔찍한 밤은 없었던 것
          같습니다! 그와 비슷한 것도 말입니다.

(맥더프가 다시 등장)

맥더프   아, 끔찍하고 끔찍한 일이야! 심장이 아니라
          혀가 감히 말을 꺼내지 못하고 있어.

맥베스
레녹스   무슨 일입니까?

맥더프   전하께 큰 사달이 벌어졌습니다. 신성모독적인
          살인이 일어났습니다. 전하의 성전이 빼앗기고
          생명이 사라져 버렸습니다.

맥베스   무슨 말을 하는 거요? 생명이라니?

레녹스   전하의 생명을 말하는 겁니까?

맥더프   방으로 가서 직접 마주하면 세 자매 마녀 괴물인
          고르곤을 본 것처럼 시력을 잃어버릴 테요.
          난 도저히 말할 수 없으니 가서 본 다음 스스로
          알아내세요.

(맥베스와 레녹스가 퇴장)

맥더프   일어나, 다들 일어나! 경종을 울려라!
          살인과 반역이다! 뱅쿼와 도널베인!

맬컴, 일어나세요! 죽음 같은 잠에서 깨어나
진짜 죽음을 봐요! 일어나요, 어서 일어나 거대한
파멸을 보세요! 맬컴! 뱅쿼! 무덤에서 일어난
영혼처럼 걸어 나와 이 끔찍한 광경을 보세요!
경종을 울려라, 경종을 울려.

(맥베스 부인이 등장)

맥베스 부인　대체 무슨 일이기에 이렇게 추악한 종소리가
자는 이들을 깨우는 거죠?
말해봐, 말해보세요!

맥더프　아, 부인, 당신께 들으라고 한 소리는 아닙니다.
여성의 귀에 들려주면 끔찍해 죽고 말
이야기니까요.

(뱅쿼가 들어온다)

맥더프　아, 뱅쿼, 뱅쿼! 전하가 살해당하셨어요.
맥베스 부인　아, 이렇게 애통할 수가!
세상에 우리 집에서 말인가요?
뱅쿼　어디서 일어났든 너무 끔찍한 일이지요.
친애하는 더프, 부디 자네가 착각한 거고,
사실이 아니라고 말해주게.

(맥베스와 레녹스가 로스와 함께 다시 등장)

맥베스 이 일이 벌어지기 한 시간 전에 내가 죽었다면
난 축복받은 삶을 살았을 텐데.
이제부턴 인간 세상에 더는 중요한 게
남지 않았구나. 그저 시시한 것들뿐.
명성과 은혜는 죽었고 인생이란 와인도
다 떨어지고 이 둥근 천장 아래 남아
자랑할 것이라곤 그 찌꺼기뿐이라니.

(맬컴과 도널베인 등장)

도널베인 무슨 일인가요?

맥베스 아무것도 모르는군요.
당신의 샘이자 머리, 혈통의 분수가 멈췄습니다.
그 근원이 말라버렸어요.

맥더프 전하께서 살해당하셨습니다.

맬컴 뭐라고, 대체 누구한테?

레녹스 그 방에 있던 자들이겠지만 아직 모릅니다.
그들의 손과 얼굴이 전부 피범벅이 되어
있었습니다. 그들의 단검도 마찬가지고.
우리가 찾았을 때 피를 닦지 않은 채 베개 위에
놓여 있었지요. 그들은 정신이 나간 듯 멍해

보였습니다. 사람의 목숨을 지킬 위인들로
보이지 않았어요.

맥베스 아, 그자들을 죽였는데도 여전히 분이 풀리지
않는군요.

맥더프 대체 왜 그러셨습니까?

맥베스 지금 이 순간 누가 놀랐으면서도 현명하고
차분하면서도 화를 내고 충직하면서도
중립적일 수 있겠습니까? 아무도 그럴 수
없어요. 전하에 대한 사랑이 이성을 뛰어넘어
폭력으로 드러나고 말았습니다.
전하가 여기 누워 계셨는데 은빛 피부가
황금빛 피로 뒤덮이고, 깊은 상처는
폐허의 허물어진 출입구처럼 거대했어요.
저기엔 살인자들이 피를 뒤집어쓰고 있고
그들의 단도는 정숙함을 잃고 끔찍한
모습이었어요. 그런 상황에서 전하에 대한
사랑과 솟구치는 용맹함을 누를 자가
어디 있단 말입니까?

맥베스 부인 부디 절 도와주세요!

맥더프 부인을 챙기세요.

맬컴 (도널베인에게 방백) 지금 제일 크게 분노해야 할
사람이 우리인데 왜 입을 다물고 있는 거지?

도널베인 (맬컴에게 방백) 지금 입을 열면 우린 호랑이 굴에
죽으러 들어가는 것과 다름없잖아? 어서 떠나자.
우리의 눈물은 아직 흐르지 않았어.

맬컴 (도널베인에게 방백) 우리의 큰 슬픔을 조금도
드러낼 겨를이 없어.

뱅쿼 부인을 살펴주세요.

(맥베스 부인이 실려 나간다)

뱅쿼 우리도 일단 옷을 챙겨 입고 다시 만나서
이 끔찍한 일에 대해 논의해 봅시다.
두려움과 양심의 가책이 우리를 흔들고 있어요.
전능하신 하느님 앞에서 솔직히 말하는데
난 이 사악한 반역사건에 맞서 싸울 겁니다.

맥더프 저도 마찬가집니다.

모두 모두 그렇습니다.

맥베스 대충 행색을 차리고 홀에서 다시 만납시다.

모두 잘 알겠습니다.

(모두 퇴장하나 맬컴과 도널베인은 남았다)

맬컴 어쩔 셈이야? 저들과 어울려서는 안 돼.
거짓말을 하는 자에게 슬픈 척 가식을 떠는 건
일도 아니지. 난 잉글랜드로 갈 거야.

도널베인 난 아일랜드로 가겠어.

운명이 우리를 갈라놓아 안전하게 지켜주겠지.

여기 누군가의 미소 안에 단검이 숨어 있어.

피에 가까이 있을수록 피를 묻히기 더 쉬운

법이야.

맬컴 이 살인의 화살에 아직 불이 붙지 않았으니

조준 반경에서 벗어나는 게 가장 안전해.

그러니 말을 타러 가자. 조심스럽게 그리고

빨리 움직여야 해. 자비가 남아 있지 않으면

본능이 발동할 거야.

(퇴장)

/

4장

/

맥베스 성의 밖

(로스가 한 노인과 함께 등장)

노인 일흔 평생을 살며 많은 걸 기억하고 있지요.
이상하고 끔찍한 일들도 많았지만 어젯밤에
있었던 괴이한 일과는 전혀 비교할 수가
없습니다.

로스 아, 어르신. 하늘도 인간이 저지른 잘못된
행동으로 피바다가 벌어질 걸 걱정하고 있는 듯
합니다. 새로운 하루가 시작되었지만 어두운
밤이 좀처럼 사라질 생각을 하지 않는군요.
지난밤이 아직 머무는 걸까요,
아니면 낮이 창피해서 숨은 걸까요?
세상을 무덤으로 만든 어둠에게 생명의 햇살은
언제 입을 맞추려는지.

노인 모두 하늘의 뜻이라곤 하나 참으로 순리에
어긋나는 일이 벌어졌습니다. 지난 화요일에
매가 높은 하늘에서 위용을 자랑하다가
쥐나 사냥하는 올빼미에게 공격을 받아
죽고 말았습니다.

로스 더 이상하고 놀라운 일도 있었지요.
아름답고 재빠른 전하의 말들이 갑자기
난폭해져 마구간을 부수고 뛰쳐나와 인간과
전투를 벌이려는 듯 날뛰었습니다.

노인 서로 잡아먹으려고 했다지요.

로스 맞습니다. 제 눈으로 그 놀라운 광경을 직접
보았습니다.

(맥더프가 등장)

로스 훌륭한 맥더프,
지금 상황이 어떻게 돌아가고 있나요?

맥더프 보지 못했나요?

로스 피범벅인 광경은 봤지만 누가 그랬는지는
모릅니다.

맥더프 맥베스가 칼로 베어버린 수행원들의 짓이었어요.

로스 아, 맙소사! 어째서 그런 반역을 저질렀을까요?

맥더프 매수를 당했어요.

맬컴과 도널베인 왕자가 도망치듯 달아났고
그래서 그들이 의심을 받는 중입니다.

로스 인륜을 저버리다니!
사릴 줄 모르는 야망으로 자신의 근원을
시들게 하고 스스로의 인생까지 말아먹다니!
그러니 왕권은 맥베스에게로 가겠군요.

맥더프 그가 이미 왕위에 올라 대관식을 하러
스쿤으로 갔습니다.

로스 덩컨 왕의 시신은 어디에 있나요?

맥더프 전하의 선조들이 묻힌 신성한 돌무덤이 있는
콤킬로 보냈어요. 그곳에는 유골을 지키는
수호자들이 있습니다.

로스 스쿤으로 가실 건가요?

맥더프 아니, 사촌. 난 파이프로 갑니다.

로스 그렇다면 저는 스쿤으로 가겠습니다.

맥더프 그래, 상황을 제대로 살피길 바랍니다.
잘 가세요. 아무렴 오래된 옷이 새 옷보다는
편하단 소린 듣지 마시길!

로스 안녕히 계세요, 어르신.

노인 하느님의 보살핌이 함께하고 악당의 자비와
적의 우정을 얻길!

(퇴장)

/

제3막

/

/

1장

/

포레스의 왕궁

(뱅쿼가 등장)

뱅쿼　이제 다 가졌군. 왕의 자리도, 코더도,
글라미스도 전부. 요물들이 약속한 대로 말이야.
그래서 난 당신에게 사악한 기운이 스민 게
아닌가 두려워. 하지만 그것들은 당신의
후대에 대한 말은 하지 않았지.
그리고 나에게 많은 왕의 아버지이자
근간이 될 거라고 했어. 그 말이 사실이라면,
맥베스 당신에게 그들의 말이 사실이었듯
어쩌면 나에 대한 예언도 사실일지 몰라.
그러니 희망을 가져야 할까?
그래, 하지만 아무도 듣지 못하게 해야지.
더는 말하지 말자.

나팔 소리가 들린다.

(왕이 된 맥베스, 왕비가 된 맥베스 부인, 레녹스, 로스, 영주들, 숙녀들, 수행원들이 등장)

맥베스 중요한 손님이 오셨군.

맥베스 부인 이분이 빠지면 우리의 성대한 연회가 허전해져 제대로 돌아가지 않을 거예요.

맥베스 오늘 밤 만찬을 벌이니 경도 참가하길 바라오.

뱅쿼 전하께서 분부하시니 그건 제 의무이자 절대 깨트릴 수 없는 결속과도 같습니다.

맥베스 오후에 말을 타고 어딜 간다지?

뱅쿼 예, 전하.

맥베스 자네의 조언을 구할 일이 있어. 오늘 의회에서 자네의 진중하면서도 미래지향적인 의견을 듣고 싶은데. 뭐, 내일 하면 되겠지. 우리 때문에 많이 지체되었나?

뱅쿼 전하, 시간을 잘 활용하면 만찬 때까지 돌아올 수 있습니다. 제 말이 기량을 다 발휘하지 못하면 한두 시간 늦을 수도 있습니다만.

맥베스 만찬에 늦지 말게.

뱅쿼 네, 전하. 그렇게 하겠습니다.

맥베스　피를 나눈 우리의 사촌이

극악무도한 죄를 자백하지도 않고

잉글랜드와 아일랜드로 도망쳤고 거기서

사람들에게 이상한 소문을 퍼뜨리고 있다네.

하지만 내일부로 우리도 원인을 파악해

사태를 해결할 수 있길 바라.

그만 출발하게나. 저녁에 보자고.

자네 아들 플린스도 데려가는가?

뱅쿼　예, 전하. 이제 가보겠습니다.

맥베스　자네의 날쌘 말의 발에 문제가 생기지 않길

바라고 뒤를 조심하게.

(인사를 나누고 뱅쿼가 자리를 뜬다)

맥베스　모두 저녁 일곱 시까지 자유 시간을 가지시오.

손님들을 더 다정하게 대하려면

저녁 시간까지 혼자 있어야겠으니.

그때까지 하느님의 가호가 함께 하길!

(모두가 자리를 떠나고 맥베스와 수행원 한 사람만

남는다)

맥베스　이봐, 자네에게 물어볼 게 있어.

그자들이 이곳에 도착했느냐?

수행원　그렇습니다, 전하.

아직 왕궁의 정문을 통하지는 않았습니다.

맥베스　그들을 내 앞에 데려오게.

(수행원이 자리를 비운다)

맥베스　마음이 편해지려면 확실히 해야 해.

난 뱅쿼가 두려워.

그는 원래 충성스러운 인물이라 내 왕좌를

위협할 거야. 용맹하고 불의에 굴하지 않는

성미에다 지혜까지 깊으니. 물론 경솔하게

행동하진 않겠지. 그러니 내가 두려워해야 할

사람은 그 누구도 아닌 뱅쿼일 수밖에.

그가 살아 있으면 내 위용이 무색해져.

마치 카이사르에 대적하는 안토니우스처럼.

처음 마녀들이 내게 왕이라고 칭했을 때

그는 그것들을 질책했지.

그리고 마녀들이 그에게 왕위를 이을 아들의

아버지라고 칭송했어. 그들은 내 머리 위에

실속 없는 왕관을 올리고 내가 투덜거리자

실속 없는 홀까지 쥐여줬지만 내겐 계승할 손,

내 자리를 이을 아들이 없구나.

뱅쿼가 내 마음속 근심이고 난 그의 아들을

위해 덩컨을 죽인 셈이 되는 거잖아.

내 평화로운 술잔에 원한이 담긴 까닭이

그의 자손 때문이라니. 내 영혼을 악마에게

내준 이유가 고작 그의 자손을 왕으로 만들기

위해서라니. 뱅쿼의 씨앗에서 나온 왕이라니!

운명이여, 내게로 와서 차라리 날 죽여 없애라!

밖에 누구 없느냐?

(수행원이 살인자 두 명과 함께 등장)

맥베스 (수행원에게) 그만 나가서 부를 때까지 대기해.

(수행원이 퇴장)

맥베스 우리가 함께 이야기를 나눈 게 어제였느냐?

살인자 1 그렇습니다, 전하.

맥베스 그렇다면 내 말대로 할 생각이 있느냐?

네가 그토록 운이 없었던 건 그자 때문이야.

나 때문이라고 생각했겠지? 그래서 지난번에

만났을 때 설명을 해준 거야. 네가 어떻게

농락을 당했고 얼마나 언짢게 되었는지

모든 증거를 내밀며 보여줬잖아.

그러니 바보 멍청이도 "뱅쿼가 한 짓이다."라고

말할 수밖에.

살인자 1 잘 알고 있습니다.

맥베스 그래야지. 이야기를 마무리하려고
오늘 보자고 했다. 이 일을 묵과할 만큼
네 인내심이 강하다고 생각하느냐?
깊은 신앙심으로 명망 높은 그자가 저지른 일에
용서해달라고 하느님께 빌 테냐?
그 무자비한 손으로 널 무덤으로 끌고 가고
네 식구들을 영원히 거지로 만들려고 했는데도?

살인자 1 저희는 용맹한 사내입니다, 전하.

맥베스 아, 남자라면 너도 인간에 속하겠지.
하운드와 그레이하운드, 잡종개, 스패니얼,
똥개, 푸들, 삽살개, 반늑대종도 개니까.
그렇게 평가된 분류에는 날쌘 개, 느린 개,
똑똑한 개, 집 지키는 개, 사냥개 등 모두가
타고난 성품에 따른 재능을 가지고 있지만
전부 개인 건 마찬가지야. 인간도 그렇지.
네가 인간 중 가장 하찮은 급이 아니라면
네 가슴에 적을 없애라는 목표를 심어줄 테니
전력을 다해 싸우고 우리를 위협하는
그놈의 목숨을 끊어버려라.

살인자 2 제 처지가 그렇습니다, 전하.
악한 행동으로 세상을 뒤흔드는 건 일도

아닙니다. 너무 화가 난 나머지 이치도 모르고
마구 날뛸 각오가 되어 있습니다.

살인자 1 저도 마찬가지입니다. 큰일에 휘말려 왔는데
이제 인생에 좋은 기회가 왔으니
달려들겠습니다.

맥베스 너희 둘 다 뱅쿼가 적임을 잊어선 안 된다.

두 살인자 알겠습니다, 전하.

맥베스 그래, 나에게도 그는 적이다.
매 순간 그가 내 인생에서 가장 먼 쪽으로 가며
시야에서 벗어나려고 하고 내 명령을 피하는데
이제 두고 볼 수 없다. 확실히 그와 나 사이에
겹치는 친구들이 있고 그들의 원망까지 받을 수
없으니 내가 직접 나서서 그를 없애긴 애매하지.
모두가 보는 앞에서 일을 벌일 수 없는 상황이니
너희의 도움을 받아야겠다.

살인자 2 저희가 하겠습니다.
저희에게 명령을 내려주십시오.

살인자 1 저희의 목숨을 바쳐서-.

맥베스 용기가 가상하구나.
한 시간 안에 어디로 가야 할지 알려주겠다.
반드시 오늘 밤 안에 일을 끝내야 한다.
난 깔끔한 처리를 원하고 왕궁에서 책잡힐 만한

무언가가 나와서는 곤란하다.

어떤 부스럼도 남기지 말아라.

그의 아들 플린스는 항상 아비 옆에 있으니

죽여도 상관없다. 대신 그의 아버지는 반드시

운명의 칼을 맞아야 한다. 오늘 저녁에.

너희는 각자 돌아가라. 내가 곧 전갈을 보내겠다.

두 살인자 분부대로 하겠습니다, 전하.

맥베스 곧 너희를 부를 테니 거처에서 대기하거라.

(살인자들이 퇴장)

맥베스 이제 다 끝났어. 뱅쿼, 어디 멀리 도망쳐봐.

네 영혼이 천국을 찾을 수 있다면

오늘 밤 안에 그렇게 해야 할 거야.

/

2장

/

왕궁

(맥베스 부인과 하인이 들어온다)

맥베스 부인 뱅쿼 장군이 궁정에서 나갔느냐?

하인 네, 왕비님,

하지만 오늘 밤까지 돌아온다고 합니다.

맥베스 부인 전하께 내가 할 말이 있어 들른다고 말씀드려라.

하인 알겠습니다.

(퇴장)

맥베스 부인 제대로 처리된 게 아무것도 없어.

우리의 욕망은 충족되지 않았지.

의심스러운 즐거움에 빠져 파멸하느니

파괴하는 쪽이 되는 게 안전해.

(맥베스가 등장)

맥베스 부인 어째서 지금인가요?

함께 있는 자들이 바치는 호사를 마다하고

왜 혼자 계시나요? 그 생각들이야말로 정말로

머릿속에서 사라져야 하지 않나요?

구제할 방법이 없는 건 고려할 필요가 없어요.

끝난 건 끝난 거라고요.

맥베스 우린 뱀을 잡았지만 아직 죽이지 못했어.

가까이에 그대로 두는 한 열악한 우리의 악의가

독사의 이빨에 물릴 위험에서 벗어나지 못해.

그래서 갖은 고통을 겪으며 두려움에 빠져

하루를 살겠지. 밤이면 끔찍한 악몽에

뒤척이면서. 그럴 바엔 차라리 죽음과 함께 하는

쪽이 나아. 적어도 안식과 평화를 얻을 테니까.

끝없는 무아지경 속에서 거짓말을 해야 하는

마음속 고문보다 훨씬 나은 선택이야.

덩컨은 발작 같은 인생의 열병을 앓고

이제 고이 잠들어 무덤 속에 있어.

그는 가장 끔찍한 반역에 목숨을 잃었지.

칼도 독도, 내부의 적도

외세의 침략도 아닌 반역으로.

그 어떤 것도 더 이상 그를 건드릴 수 없어.

맥베스 부인 그만 진정하세요, 전하. 안색이 말이 아니네요.

오늘 밤 손님들과 함께 있을 땐

밝고 즐거운 모습을 보이셔야 해요.

맥베스 그럴 거요, 부인, 당신도 평소처럼 굴길 바라요.

뱅쿼를 염두에 두고 눈과 혀로 그를 사로잡아요.

우린 안전하지 않으니 흩어지는 시냇물에

명예를 씻고 가면을 쓰고 자신을 속이고

본성을 가려야 해.

맥베스 부인 생각은 그만두세요.

맥베스 아, 마음속에 전갈이 한가득 들어 있어,

고통스러워! 뱅쿼와 그의 아들 플린스가

살아 있다는 거 당신도 알잖아.

맥베스 부인 하지만 그들이 영원한 존재는 아니에요.

맥베스 그 말이 위안이 되는군.

그들이 사라지면 즐거워하자고.

박쥐가 날아가기 전에,

속세에서 벗어나 날아가기 전에,

헤카테의 주문을 망치기 전에.

뼈가 부러진 딱정벌레가 이상하게 윙윙거리며

밤이 찾아오는 걸 알릴 때쯤 일은 끝났을 거야.

끔찍한 소식과 더불어.

맥베스 부인 무슨 일이 끝나는데요?

맥베스 당신은 모르는 게 나아.

끝나면 박수나 쳐줘요. 밤이 어서 오길.

힘든 하루의 눈을 부드럽게 감기고

보이지 않는 피범벅 된 손이 날 아프게 하는

질긴 결속을 갈가리 찢어 버리길!

빛이 사라지고 까마귀가 숲으로 날아가기

시작하는군. 선한 하루가 수그러들면

어둠의 대변인들이 사냥에 나서겠지.

당신은 내 말에 기쁘겠지만 가만히 있어요.

나쁜 일은 악의로 더 강해지는 법이지.

자, 나와 같이 갑시다.

(퇴장)

/

3장

/

궁 근처 공원

(살인자 세 사람이 등장)

살인자 1 누가 자네더러 우리와 같이 가라고 한 거야?

살인자 3 맥베스 왕이지.

살인자 2 이 자를 의심할 필요가 없겠어.

　　　　　우리가 할 일과 어디로 갈지 다 알고 있으니까.

살인자 1 그렇다면 우리와 같이 가지.

　　　　　서쪽은 아직 해가 안 떨어졌군.

　　　　　여행자는 제때 여인숙에 도착하려고 급하게

　　　　　달릴 테니 곧 우리의 감시망에 들어올 거야.

살인자 3 들어봐! 말발굽 소리가 났어.

뱅쿼 (안에서) 이봐! 여기 불 좀 비춰주게.

살인자 2 그자야. 나머지 손님들은 예상대로

　　　　　이미 궁정에 도착했어.

살인자 1 말이 늦었구만.

살인자 3 1.6킬로미터 정도 뒤처졌지.

하지만 그는 모두가 그러는 것처럼

평소대로 여기서 궁 정문까지 말을 걷게 할 거야.

살인자 2 불빛이야, 불빛!

(뱅쿼와 횃불을 든 플린스가 등장)

살인자 3 그가 왔어.

살인자 1 준비해.

뱅쿼 오늘 밤엔 비가 올 것 같아.

살인자 1 그랬으면 좋겠군.

(살인자들이 뱅쿼를 에워싼다)

뱅쿼 아, 반역이구나! 내 아들, 플린스야,

도망쳐라, 어서, 도망가! 네가 내 복수를 해다오.

(살인자들을 향해) 이놈들아!

(뱅쿼가 목숨을 잃고 플린스는 도망친다)

살인자 3 누가 횃불을 끈 거야?

살인자 1 그래야 하는 거 아니었어?

살인자 3 하지만 한 놈만 죽었잖아.

아들이 도망갔다고.

살인자 2 우리는 해야 할 일의 절반밖에 못 끝냈어.

살인자 1 자, 일단 가서 상황을 보고하자고.

(퇴장)

/

4장

/

궁정의 회관

연회 준비가 한창이다.

(맥베스, 맥베스 부인, 로스, 레녹스, 영주들과
수행원들 등장)

맥베스 다들 자기 자리에 앉으세요.

다시 한 번 진심으로 환영합니다.

영주들 감사합니다, 전하.

맥베스 나도 여러분과 어울리며 부족하지만

주인 역할을 다하겠습니다.

안주인이 지금은 자기 자릴 지키고 있지만

곧 그녀의 환영사를 들어보도록 하지요.

맥베스 부인 절 대신해 모든 분들께 진심으로

환영한다고 전해주세요.

(살인자 1이 입구에 등장)

맥베스 (부인에게) 봐요, 저들은 고마운 마음으로
당신과 마주하고 있어요.
(손님들에게) 양쪽 테이블이 똑같으니
난 여기 가운데 앉겠습니다.
유쾌하게 웃고 떠들며 다 같이 술을 즐깁시다.
잔을 쭉 돌리세요.
(문으로 다가간다. 살인자 1에게) 네 얼굴에
피가 묻어 있어.

살인자 1 그렇다면 그건 뱅쿼의 것입니다.

맥베스 너에게 피가 묻은 쪽이
그자의 몸속에 피가 도는 것보다 낫지.
그래, 일을 끝냈고?

살인자 1 전하, 제가 그의 숨통을 끊어 놓았습니다.

맥베스 넌 목을 자르는 데 선수구나!
플린스도 같은 처지가 됐겠지?
그렇다면 네게 대적할 자가 없을 거야.

살인자 1 전하, 플린스가 도망쳤습니다.

맥베스 (방백) 이로써 불안감이 다시 날 찾아오겠군.
그 점만 빼면 완벽한데.
사방이 바위 위에 세워진 대리석처럼
크고 웅장하게 주위를 감싸고 있어.

하지만 지금 난 붙잡혀 옴짝달싹 못 한 신세로
의구심과 두려움에 고통받는 중이야.
(살인자 1에게) 그런데 뱅쿼의 생사는?

살인자 1 예, 전하. 그자의 목숨은 도랑에 처박혔습니다.
머리에 스무 개의 깊은 상처가 났으니
살아남기 힘들 겁니다.

맥베스 참 고맙구나. 다 자란 뱀은 뻗었고 새끼는
도망쳤어. 새끼는 자라서 독을 품게 되겠지만
지금은 이빨이 없지. 그만 가봐.
내일 다시 얘기해.

(살인자 1이 자리를 뜬다)

맥베스 부인 전하, 전혀 흥겨워 보이지 않으세요.
연회가 시작되었고 자주 있는 일이 아니니
이때만큼은 흥겹게 보여야 해요.
소스부터 고기까지 세세하게 신경 쓰며
이들을 최고로 대접해야 해요.
그렇지 않다면 그들이 집에서 밥을 먹는 것과
다를 것이 없잖아요.

맥베스 알려줘서 고맙구려! 맛있는 걸 먹고
잘 소화시켜야 우리 둘 다 건강할 테지!

레녹스 전하, 자리에 앉으시죠.

(뱅쿼의 유령이 들어와 맥베스의 자리에 앉는다)

맥베스 이 자리로 우리나라의 명예가 드높아졌습니다.

뱅쿼 장군도 참석했으면 좋았을 것을.

내가 너무 무리한 부탁을 한 게 아닌가 싶군요.

기회를 놓친 게 안타깝습니다!

로스 전하. 오지 못한 건 약속을 지키지 못한

그의 탓입니다. 부디 자책하지 마십시오.

자리에 앉아 충직한 저희와 함께해 주시지

않겠습니까?

맥베스 자리가 다 차지 않았는가?

레녹스 여기 남은 자리가 있습니다.

맥베스 어디?

레녹스 여깁니다, 전하. 왜 그러시나요?

맥베스 누가 그런 짓을 한 거야?

영주들 전하, 무슨 말씀이신가요?

맥베스 내가 그랬다고 말하지 말게.

난 여기서 한 발짝도 움직이지 않았어.

로스 여러분, 그만 일어나세요.

전하의 몸이 좋지 않으십니다.

맥베스 부인 앉으세요, 여러분. 전하는 간혹 그러세요.

젊을 때부터 그러셨죠. 부디 자리를 지키세요.

잠시 그러실 뿐입니다. 생각에 잠겨 계시다가

다시 좋아지실 거예요. 아시겠지만 여러분이
너무 뚫어지게 쳐다보면 전하는 부담스러워
빨리 회복하기 어려워질 거예요.
식사를 마저 하시고 전하가 이 자리에
안 계신다고 생각해 주세요.
(맥베스에게) 이런데도 당신이 용맹한 왕이라고
할 수 있나요?

맥베스 당연하지. 저기 악마가 날 빤히 쳐다보고
있는데도 이렇게 멀쩡하잖아.

맥베스 부인 말을 가려서 하세요!
그건 당신의 두려움이 만들어낸 환영이에요.
당신을 덩컨에게 데려간 그 공중에 뜬 단검이
또 나타난 거라고요.
아, 진정한 공포가 아닌 이런 사소한 부분에서
약한 모습을 보이시다니.
겨울밤 모닥불 앞에서 할머니한테 들을법한
이야기에 불과한 것을. 참 안타깝군요!
왜 그런 얼굴을 하고 계세요?
다 끝난 일을 두고 의자만 쳐다보고 서 있다니.

맥베스 부탁이니 저길 좀 봐! 보라고! 저기!
저걸 뭐라고 할 거야? 내가 뭘 신경 쓰냐고?
저것이 고개를 끄덕일 수 있으니 말도 할 수

있겠군. 우리가 시체 안치소와 무덤에 묻었던
자들이 다시 돌아왔나 봐. 우리의 묘비는
솔개의 위장에라도 세울 수 있을지.

(유령이 사라진다)

맥베스 부인　뭐라고요? 실없는 소리 좀 그만둘 수 없어요?
맥베스　여기 서면 그가 보여.
맥베스 부인　저런, 안타까운 사람!
맥베스　지금도 피가 흘러나오고 있어. 오래전 인간이
법을 만들기 전부터, 그리고 그 이후로도 쭉
살인자들이 끔찍한 일을 저질렀지.
그때는 뇌가 튀어나오면 사람이 죽고
그걸로 끝이었는데 지금은 다시 살아나.
머리에 스무 군데나 상처를 입었는데도
버젓이 나타나 날 자리에서 밀어내려고 해.
이건 끔찍한 살인보다 더 무서운 일이야.
맥베스 부인　내 소중한 당신, 영주들이 얕잡아 보겠어요.
맥베스　깜박했군. 날 보고 놀라지 말아요, 여러분.
난 이상한 질환이 있는데 아는 사람들에게는
아무것도 아닌 사소한 거니까.
자, 모두의 사랑과 건강을 기원합시다.
그런 다음 자리에 앉겠소.

와인을 가득 채워 한 잔 가져와.

난 여기 있는 모두와 즐겁게 술을 마시고

함께하지 못한 친구 뱅쿼를 위해서도 마시겠네.

그가 이 자리에 왔으면 좋았을 것을!

목마를 우리와 그를 위해, 모두를 위해 건배.

영주들 모두를 위해 건배.

(유령이 다시 등장)

맥베스 썩 꺼져! 내 눈앞에서 사라져!

땅으로 꺼져버리란 말이야!

뼈는 흐물흐물하고 피는 차갑게 식은 주제에.

눈동자에 총기라고는 없어.

그러니 눈빛을 번득이지도 못하지.

맥베스 부인 여러분, 흔히 있는 일이라 생각하세요.

즐거운 시간을 방해해서

그저 죄송할 따름입니다.

맥베스 감히 나서니 나도 대적하겠다.

누더기를 걸친 러시아 곰, 갑옷을 두른 코뿔소,

혹은 고대 페르시아의 호랑이처럼 하고

나타나 봐라. 어떤 형태로 변신하든 하나도

두렵지 않아. 아니면 다시 살아나서 감히

네 검으로 날 베어보든지. 내가 뒷걸음질 치면

겁쟁이 신생아라고 비웃어도 좋아.

끔찍한 그림자야! 넌 거짓된 허상일 뿐이야!

(유령이 퇴장)

맥베스 어째서 가버린 거야, 난 다시 멀쩡해졌는데.

가만히 그 자리에 있었으면 처단했을 것을.

맥베스 부인 당신은 흥겨운 자리를 망치고

즐거운 모임을 다 망가뜨렸어요.

아주 엉망으로요.

맥베스 여름철 구름같이 갑자기 엄습해오는데

어떻게 놀라지 않을 수 있지?

잠시 내가 정신이 나갔다고 해도

날 이상한 사람으로 만드는 건 곤란해.

지금 생각하니 그런 광경을 보고도

다들 발그레한 뺨이 그대로군.

난 두려워서 창백해졌는데 말이야.

로스 무슨 광경을 말입니까, 전하?

맥베스 부인 부탁이니 말을 삼가세요.

전하께서 점점 더 안 좋아지실 테니까요.

의구심이 그분을 더 화나게 만들어요.

다들 이만 물러가도록 하세요.

온 순서대로가 아닌 전부 동시에 가주세요.

레녹스 그럼 물러가 보겠습니다. 속히 쾌차하시길!

맥베스 부인 모두 안녕히 가세요!

(맥베스 부부만 남고 모두 퇴장)

맥베스 피를 불러낸 거야. 피가 피를 부른다는 말처럼.
돌이 움직이고 나무가 말을 하지.
전조와 인과관계가 생겼고 구더기가 득실대는
파이와 까치와 떼까마귀가 가장 신성한 피의
인간을 불러냈어. 지금이 몇 시지?

맥베스 부인 거의 아침이 되었어요.

맥베스 우리의 성대한 연회에 맥더프가 오지 않은 걸
당신은 어떻게 생각해?

맥베스 부인 전령을 보내셨나요?

맥베스 간접적으로 연락을 전하긴 했으나 직접 보낼
거요. 내가 사방에 사람을 심어뒀고 그의 집에도
마찬가지니. 내일 할 거요.
그리고 늦기 전에 요상한 마녀들에게 가서
그들의 말을 들어야겠어. 지금 꼭 알아야 하니
최악의 수단을 동원해서라도 그렇게 해야 해.
날 위해선 못 할 짓이 없어. 여기까지 오느라
손에 피를 묻혔으니 더 헤치고 걸을 수밖에.
되돌아가는 건 부질없는 짓이야.

머릿속에서 이상한 생각들이 자꾸 들고

그것들에게 당하기 전에 미리 손을 써야 해.

맥베스 부인 당신은 완전 정신이 나갔어요,

그만 주무세요.

맥베스 그래, 우리 잡시다.

내 이상한 자기 학대가 두려움을 만들어

움직이지 못하게 하는군.

아직도 악한 마음을 제대로 갖추지 못했어.

(퇴장)

/

5장

/

황야

천둥이 친다.

세 마녀가 들어와 헤카테와 만난다.

첫 번째 마녀 갑자기 왜 오셨나요, 헤카테?

　　　　　　　화난 것 같은데.

헤카테 내가 이유도 없이 왔을까? 너흰 고약하고

　　　　　지독하고 뻔뻔해. 감히 맥베스를 죽음의

　　　　　수수께끼와 사건 속에 밀어 넣은 이유가 뭐야?

　　　　　난 너희 마력의 주인으로서 모든 해로운 계략을

　　　　　담당하는데 왜 우리의 영광을 제대로 보여주지

　　　　　못하게 막아? 더 끔찍한 건 너희들이 한 짓은

　　　　　고집스러운 아들에게 앙심과 분노를 품게 해

　　　　　그도 다른 이들처럼 너희를 위해서가 아니라

　　　　　자기만 생각하게 되고 말았어.

하지만 지금이라면 상황을 되돌릴 수 있어.
그만 물러가. 그리고 아침에 아케론 동굴에서
만나자. 그때쯤이면 그도 자신의 운명을
알고 싶어 할 거야. 너희의 솥과 마법 주문과
마력과 모든 걸 준비해둬. 난 하늘로 날아갈
거야. 숙명적인 마무리를 하며 이 밤을 보내야지.
정오 전에 반드시 끝내야 하는 엄청난 계획이
있어. 달의 한 귀퉁이에 수증기 방울이 그득해.
저것들이 땅에 떨어지기 전에 내가 받을 거야.
물방울을 마법의 체로 거르면 괴상한 정령들이
나타나 그들이 지닌 환각의 힘으로 그는 혼란에
빠지겠지. 그따위로 운명에게 퇴짜를 놓고
죽음을 거절하고 지혜, 은총, 두려움을 잊은
놈은 헛된 꿈에 빠져 허우적거리게 될 거야.
너희 모두 안일함이 인간의 가장 큰 적이라는 걸
알잖아.

안에서 음악과 노랫소리가 들린다.
"이리 와, 이리 와."

헤카테 잘 들어봐! 날 부르고 있어. 내 작은 정령들이.
안개 낀 구름 위에 앉아 날 기다리고 있군.

(퇴장)

첫 번째 마녀   자, 증오를 만들자.

그녀가 금방 돌아올 거야.

(퇴장)

6장

/

포레스. 왕궁

(레녹스와 다른 영주 한 사람이 등장)

레녹스　일전에 내가 한 말 때문에 생각이 더
많아졌을지 모르겠군요. 확실한 건
일이 이상하게 돌아가고 있다는 겁니다.
자비로운 덩컨 왕의 죽음을 맥베스 전하가
애도했죠. 그렇게 돌아가셨고 용맹한
뱅쿼 장군은 너무 늦은 밤에 밖으로 나갔습니다.
아들 플린스가 도망을 친 걸로 봐서
그가 아버지를 죽였을 가능성도 있습니다.
사람은 너무 늦은 시간에 돌아다니면 안 됩니다.
맬컴과 도널베인이 자비로운 아버지 왕을
살해했는데 누가 끔찍하다고 여기지 않을까요?
정말 빌어먹을 진실입니다!

그래서 맥베스 전하가 얼마나 슬퍼하셨는지!
그는 제정신이 아니고 엄청난 분노에 싸여
두 범죄자를 찢어 죽였습니다.
술에 취하고 잠의 노예가 된 그자들을
없애버린 건 고결한 행동이 아닐까요?
게다가 현명하기까지 했습니다.
그들이 부인했다는 소리를 들었을 때
분노가 샘솟지 않을 사람이 어디 있겠어요?
그러니 난 맥베스 전하가 일을 잘 처리한 거라고
말하겠습니다. 그리고 덩컨 왕의 아들들이
이 사건의 주범이라면 '아버지를 죽인 벌'이
무엇인지 천국이 아닌 곳에서 알게 될 겁니다.
그건 플린스도 마찬가지죠.
일단 이 정도로 해둡시다! 말이 많은 데다
전하의 연회에 참석하지 못한 까닭에 지금
맥더프의 평판이 매우 나쁘다는 소릴 들었어요.
경계서 그가 어디에 몸을 숨기고 있는지
알려주시겠습니까?

영주 덩컨의 아들은 폭군에게 생사가 달렸기에
잉글랜드 궁정에서 머물며 가장 독실한
에드워드 왕의 엄청난 은혜를 받고 있습니다.
행운의 적의도 왕의 높은 존엄성을 앗아가지

못하죠. 맥더프는 성스러운 왕의 도움을 구하러
찾아가 노섬벌랜드 대공과 전투적인 시워드의
힘을 빌리려고 합니다. 이들의 도움을 받고
하느님의 은총이 함께하면 우리는 다시 테이블
앞에 모이고 밤에 두 발 뻗고 잘 수 있겠지요.
피로 물든 칼을 우리의 축제와 연회에서
치워버릴 수 있습니다. 신의와 명예를 회복해
괜찮아질 날이 머지않았습니다.
그런데 이 소식을 듣고 맥베스가 분노해
전쟁을 일으킬 준비를 한다고 하네요.

레녹스 맥더프에게 전령을 보냈나요?

영주 그렇습니다.
그리고 "죄송하지만 가지 않겠습니다."라는
대답을 듣고 전령이 얼굴을 찌푸리며 돌아서서
이렇게 흥얼거렸다고 하네요.
"이런 대답을 듣고 돌아가게 하다니
후회하실 겁니다."

레녹스 그렇다면 맥더프는 지혜를 동원해 최대한
왕에게서 멀리 떨어져 있는 편이 좋을 것
같군요. 신성한 천사들이 잉글랜드의 궁정으로
날아가 그가 오기 전에 메시지를 전하고
저주받은 이 나라의 고통이 사라지게 해주소서!

영주 나도 그러길 빌겠습니다.

(퇴장)

/

제4막

/

/

1장

/

동굴

한가운데 솥이 끓고 있다. 천둥이 친다.

(세 마녀가 등장)

첫 번째 마녀   얼룩 고양이가 세 번 울었어.

두 번째 마녀   고슴도치가 세 번 하고 한 번 더 울었어.

세 번째 마녀   인간의 머리가 달린 새 하르피이아가 울었어.

　　　　　　　"시간이 됐어, 시간이."라고.

첫 번째 마녀   솥 주변으로 돌자. 안에 든 독이 흘러나오게.

　　　　　　　차가운 돌 아래서 서른 하루의 낮과 밤을 자며

　　　　　　　독을 채우는 두꺼비야,

　　　　　　　널 냄비에 넣고 끓일 거란다.

　　　　모두   두 배로, 두 배로. 고통스럽고 힘들게.

　　　　　　　불을 피우고 솥을 끓이자.

두 번째 마녀   작은 뱀의 살을 솥에 넣고 굽자.

도롱뇽의 눈과 개구리의 발가락,

박쥐의 털과 개의 혀, 살모사의 갈퀴와

발 없는 도마뱀의 침, 도마뱀의 다리와

올빼미의 날개를 마법의 힘으로

지옥의 국물이 되게 끓이고 끓이자.

모두　두 배로, 두 배로. 고통스럽고 힘들게.

불을 피우고 솥을 끓이자.

세 번째 마녀　용의 비늘, 늑대의 이빨, 마녀의 미라,

바다 상어의 위와 창자.

어둠 속에서 파낸 독미나리의 뿌리,

신성모독을 저지른 유대인의 간, 염소의 담즙,

일식의 은빛 아래 챙긴 주목나무 조각.

터키사람의 코, 타타르족의 입술, 단정치 못한

여자가 낳아 도랑에 버린 태아의 손가락.

이것들로 걸쭉한 죽을 만들자.

여기에 호랑이 내장도 재료로 넣자.

모두　두 배로, 두 배로. 고통스럽고 힘들게.

불을 피우고 솥을 끓이자.

두 번째 마녀　이제 개코원숭이의 피로 솥을 식히면

마법이 제대로 힘을 발휘할 거야.

(헤카테가 다른 세 마녀와 함께 등장)

헤카테 아, 잘했어! 너희에게 고통을 명하니
모두에게 내가 얻은 걸 나눠줄게.
이제 요정들이 원을 그리며 돌 듯
우리도 솥 주위로 돌며 노래를 부르자.
그렇게 모든 것에 마법을 걸자.

음악과 "사악한 영혼들"이라는 노래가 흐른다.
(헤카테가 퇴장)

두 번째 마녀 내 엄지가 찌릿찌릿한 걸로 봐서
사악한 무언가가 이리로 오고 있어.
누가 두드리든 문을 열어줘라!

(맥베스가 등장)

맥베스 한밤중에 무슨 비밀스럽고 악한 일을
벌이는 거지, 할망구들아?
무슨 짓을 하는 거야?
모두 이름 없는 행위입니다.
맥베스 너희가 어떻게 그런 마법을 부릴 수 있는지
모르지만 부탁이니 대답해줘.
바람을 풀어 교회에 몰아치게 하고
거품 낀 파도가 배를 삼키고
바람에 옥수수가 넘어지고

나무들이 뿌리째 뽑히고

성벽이 병사들의 머리 위로 무너져내리고

왕궁과 피라미드가 쓰러져 바닥으로 거꾸러지고

자연의 보물이 전부 파괴되어도 상관없으니

내가 묻는 말에 대답해달란 말이야.

첫 번째 마녀 말해봐요.

두 번째 마녀 어서.

세 번째 마녀 우리가 대답할 테니.

첫 번째 마녀 우리의 입에서 듣고 싶은 겁니까, 아니면

우리가 섬기는 분들에게 직접 듣고 싶은 건가요?

맥베스 그들을 불러, 얼굴을 봐야겠으니까.

첫 번째 마녀 자기 아홉 새끼를 먹어 치운 암퇘지의 피를 붓고

살인자가 교수대에서 흘린 땀을

불길에 던져넣자.

모두 자, 지위에 상관없이 마녀들아,

재빨리 모습을 드러내라!

천둥이 친다.

(투구를 쓴 첫 유령이 등장)

맥베스 미지의 힘이여, 내게 말해봐.

첫 번째 마녀 저분은 당신 생각을 알아요.

그 말씀을 듣되 아무 말도 하지 마세요.

첫 번째 유령 맥베스! 맥베스! 맥베스!

맥더프를 조심해, 파이프의 영주를!

날 보내줘. 그만하라고.

(없어진다)

맥베스 네 정체가 뭔지 모르지만 충고해줘서 고맙군.

내 두려움을 제대로 없애진 못했구나.

한마디만 더 해다오.

첫 번째 마녀 그에게는 그럴 자격이 없어요.

자, 첫 번째보다 더 강력한 다른 자가 나와라.

(천둥이 치고 피범벅인 어린이 유령이 등장)

두 번째 유령 맥베스! 맥베스! 맥베스!

맥베스 내 귀가 세 개인지 세 번 들리네.

두 번째 유령 피를 묻히고, 대담해지고 단호해지세요.

인간의 힘을 경멸하고 비웃어요.

여성에게서 태어난 누구도

맥베스를 해칠 수 없으리니.

(땅으로 꺼진다)

맥베스 그렇다면 살아 있어라, 맥더프.

내가 널 두려워할 필요가 있을까?

하지만 난 더 확실히 해두고 싶어.

그래서 운명과 결합해야 해. 넌 살지 못할 거니

난 창백한 심장에 두려움을 잠재우라고 지시하고

천둥소리에도 아랑곳없이 잘 거야.

천둥이 친다.

(왕관을 쓰고 손에 나뭇가지를 든 아이 유령이

등장)

맥베스   이건 뭐지? 작은 머리에 왕관을 쓰고

군주의 자리에 올라앉은 어린아이라니?

세 마녀   말하지 말고 들어요.

세 번째 유령   사자의 기개와 자부심을 가지고 짜증내는 자,

조바심치는 자 혹은 음모자들의 무리가

어디에 있든 신경 쓰지 마세요. 맥베스는 위대한

버넘 숲이 높은 던시네인 언덕에 올라

대적하기 전까지 결코 사라질 수 없으니.

(땅으로 꺼진다)

맥베스   그런 일은 있을 수 없어. 누가 나무에게 명령해

굳게 내린 뿌리를 움직일 수 있단 말이야?

달콤한 예언을 들으니 좋아!

반역자의 머리는 결코 버넘 숲까지

올라오지 못할 것이고 나 맥베스는
자연의 허락하에 인생을 누릴 것이다.
그러나 한 가지 더 알고 싶어 미칠 것 같아.
말해줘, 그렇게 많은 걸 알려줄 수 있다면
뱅쿼의 후손이 이 왕국 통치에 결코 문제가
되지 않겠지?

세 마녀 더 알려고 하지 마세요.

맥베스 난 만족하고 싶어! 내 질문을 거부하지 말아줘.
그러면 너희를 영원히 저주할 거야!
나한테 알려줘. 저 솥은 왜 가라앉는 거고
이 소리는 뭐지.

오보에 소리가 들린다.

첫 번째 마녀 보여줘!

두 번째 마녀 보여줘!

세 번째 마녀 보여줘!

모두 그의 눈동자에 보여주고 그의 가슴을
아프게 하라. 어둠처럼 찾아와 어둠처럼
슬그머니 물러가라!

(여덟 명의 왕이 나타나고 마지막 왕은 손에 거울을
들고 있다. 뱅쿼의 유령이 뒤따라온다.)

맥베스   넌 뱅쿼의 유령과 너무 비슷해. 썩 꺼져!

네 왕관은 나의 눈동자를 화끈거리게 해.

다른 왕관을 쓴 너의 머리칼은 첫 번째와 같아.

세 번째는 전자와 같아. 더러운 할망구들!

나한테 왜 이딴 걸 보여주는 거야?

네 번째! 심판의 날의 틈으로 쭉 행렬이

이어지는 거야? 아직도 더 있다니! 일곱이네!

더는 못 보겠어! 그런데 여덟 번째는 거울을 들고

나타났군. 내게 더 많은 걸을 보여주겠구나.

두 개의 공과 세 부분으로 된 홀을 들었어.

끔찍한 광경이야! 이제 진실을 알겠어.

피로 얼룩진 뱅쿼가 날 향해 미소 짓고

그들에게도 웃고 있어.

결국 이렇게 되는 거야?

첫 번째 마녀   아, 이게 전부입니다.

(다른 마녀들에게) 왜 맥베스가 놀란 듯 서 있지?

자매들아 이리 모여, 우리가 그의 정신을

북돋아 주고 최고의 기쁨을 보여주자고.

내가 공중에 마법을 부려 음악 소리를 낼 동안

넌 네 괴상한 춤을 보여줘.

그러면 이 위대한 왕이 친절하게

우리가 그를 만족시켰다고 할지 몰라.

(음악이 흐른다. 마녀들이 춤을 춘 다음 헤카테와
사라진다.)

맥베스 다들 어디 갔지? 영영 사라진 거야? 이 치명적인
시간은 달력에 저주로 기록되어야 해!
누구 없느냐? 어서 들어와.

(레녹스가 등장)

레녹스 무슨 일이신가요?
맥베스 자네도 그 이상한 마녀들을 봤지?
레녹스 못 봤습니다. 전하.
맥베스 자네 옆을 지나가지 않았어?
레녹스 아닙니다, 전하.
맥베스 그들이 타고 가는 공기가 오염돼 버렸으면.
그리고 그것들을 믿는 모두가 지옥으로
가버리길. 말 달리는 소리를 들었는데
누가 오지 않았느냐?
레녹스 두세 명이 도착했습니다.
맥더프가 잉글랜드로 도망갔다는 전갈을
가지고 왔습니다.
맥베스 잉글랜드로 도망갔다고?
레녹스 예, 전하.

맥베스   (방백) 시간이여,

넌 내 지독한 계획을 기대하고 있구나.

변덕이 심한 계획은 행동이 따르지 않는 한

결코 앞서지 못해. 이 순간부터 내 마음속에

가장 우선인 것부터 직접 해나갈 거야.

그리고 생각과 행동을 엮어 동시에 끝낼 거야.

맥더프의 성으로 몰래 쳐들어가자.

파이프를 포위하고 칼끝을 내밀어 아내와 자식,

그의 혈통이라면 모든 불행한 영혼들까지

싹 쓸어버릴 거야. 바보처럼 떠벌리지 않아.

난 목표가 식기 전에 행동으로 옮길 거야.

더 이상 유령 따윈 보고 싶지 않아!

(레녹스에게) 전령들은 어디에 있지?

어디든지 날 그리로 안내해.

(퇴장)

/

2장

/

파이프. 맥더프의 성

(맥더프의 부인과 아들, 로스가 등장)

맥더프 부인 대체 무슨 짓을 저질렀기에

주군이 이 나라를 떠난 겁니까?

로스 인내를 가지고 기다리셔야 합니다, 부인.

맥더프 부인 주군은 아무 잘못도 하지 않았어요.

그런데 도망친 건 미친 짓이죠.

우리의 행동이 그렇지 않은데도

두려움 때문에 반역자가 되지 않았습니까?

로스 그분의 두려움 때문인지 지혜로움인지

아직 모르잖습니까.

맥더프 부인 지혜라고요?

아내와 자식을 내팽개치고, 대저택도,

직위도 버리고 자기 땅에서 도망쳤는데?

그는 우릴 사랑하지 않는 거예요.

그저 운명에 맡긴 거죠. 가여운 굴뚝새,

세상에서 가장 작은 그 새도 자기 새끼를 위해

둥지에서 올빼미와 대적하건만.

두려움에 빠져 사랑이라고는 없는 그분.

조금이라도 지혜가 있다면 모든 이유를 막론하고

그렇게 도망치지 않았을 거예요.

로스   친애하는 사촌, 부디 진정하세요.

당신의 남편은 고결하고 현명하고 정의롭고

이치를 매우 잘 아는 사람입니다. 감히

더 말할 수 없지만 시기가 좋지 못해 우리도

모르는 사이 반역자가 되었을 따름입니다.

두려움에 우리는 소문에 기대지만

사실 뭘 두려워하는지 알지 못하고

그저 야생과 거친 바다에서 이리저리 치이는

신세와 같아요. 저는 잠시 자리를 비우겠지만

그리 오래 걸리지 않을 거고 곧 돌아오겠습니다.

가장 끔찍한 상황이 찾아오면 거기서 멈추거나

그 전으로 돌아갈 겁니다.

내 아름다운 사촌, 신의 은총이 있기를!

맥더프 부인   이 아이는 아버지가 있는데도

그 사랑을 받지 못하다니.

로스 제가 정말 멍청했습니다. 더 이곳에 머문다면
그건 제 수치이자 부인께 큰 불편을 주게 되겠죠.
지금 당장 떠나겠습니다.

(로스가 퇴장)

맥더프 부인 얘야, 너희 아버지는 돌아가셨단다.
이제 어쩔 거니? 넌 어떻게 살 거니?

아들 새들처럼 살 거예요, 어머니.

맥더프 부인 곤충과 파리를 먹고?

아들 제 말은 형편이 되는대로요.
새들도 그렇게 하잖아요.

맥더프 부인 가여운 것!
그물도 끈끈이도 구덩이도 덫도 두렵지 않니?

아들 왜 그래야 하나요, 어머니?
가여운 새들은 죽지 않아요.
아버지도 돌아가시지 않았어요.
그저 어머니의 말뿐이죠.

맥더프 부인 아니, 네 아버지는 죽었어.
넌 아버지 없이 어떻게 살 거니?

아들 어머니는 남편이 없이 어떻게 사실 건가요?

맥더프 부인 어느 시장에 나가도 남편 스무 명쯤은
살 수 있단다.

아들	그렇다면 어머니는 팔기 위해 사시는 거군요.
맥더프 부인	네 말재간은 훌륭하다만 그만두면 좋겠구나.
아들	아버지는 반역자였나요, 어머니?
맥더프 부인	아, 그랬지.
아들	반역자가 뭐예요?
맥더프 부인	맹세를 어기고 거짓말을 하는 사람이란다.
아들	모든 반역자가 그렇게 하나요?
맥더프 부인	그렇게 하는 모두가 반역자고
	반드시 목을 매달아 죽여야 해.
아들	맹세를 어기고 거짓말하는 사람은
	반드시 목을 매달아야 한다고요?
맥더프 부인	전부 다.
아들	누가 그들을 매달죠?
맥더프 부인	그건 가장 정직한 사람이겠지.
아들	그럼 맹세하고 거짓말하는 사람은
	어리석은 이들이군요. 맹세하고 거짓말하는
	사람이 많아서 가장 정직한 사람을 이긴 뒤
	그들을 목매달아도 되잖아요.
맥더프 부인	세상에 하느님,
	이 불쌍한 아이를 도와주소서!
	넌 아버지 없이 어떻게 할 거니?
아들	아버지가 돌아가셨다면

어머닌 분명 흐느껴 울어야 해요.

그렇게 하지 않는다는 건

제게 얼른 새 아버지가 생긴다는 좋은 징조겠죠.

맥더프 부인 가여운 어린이, 말본새하고는!

(전령이 들어온다)

전령 은총을 받으세요, 아름다운 부인!

절 모르시겠지만 전 부인을 잘 알고 있습니다.

지금 이곳에 위험이 닥쳤습니다.

보잘것없는 제가 감히 한 말씀 올리자면 부디

여기 계시지 마세요. 자녀들도 함께 말입니다.

이런 이야기로 두려움에 사로잡히게 해드려

정말 죄송합니다만 끔찍한 일이 생기는 것보다

제가 무례한 편이 나을 것 같군요.

어서 도망치세요! 부인께선 선하신 분이라

이런 상황을 감당할 수 없으십니다.

하느님의 은총이 있기를!

전 이만 물러가겠습니다.

(퇴장)

맥더프 부인 난 어디로 도망가야 하지?

아무 짓도 하지 않았는데.

하지만 이 세속적인 세계에선

나쁜 짓도 종종 칭찬받고 어떨 때는

위험한 적에게 대항하는 훌륭한 행동이기도 해.

아, 아무 짓도 하지 않았다고 방어해봐야

무슨 소용이 있을까. 저자들은 누구지?

(살인자들이 등장)

살인자 1　당신 남편은 어디 있지?

맥더프 부인　어디에도 안 계시길 바랄 뿐이야.

　　　　　모습이 보였다면 네 놈이 찾았겠지.

살인자 1　그는 반역자요.

아들　당신은 거짓말쟁이고 귀가 추잡한 악당이야!

살인자 1　뭐라고, 이 꼬맹이가!

(아들을 찌른다)

살인자 1　반역자의 자식 주제에!

아들　어머니, 저자가 절 죽이고 있어요.

　　　도망치세요. 이렇게 빌게요!

(아들이 죽는다)

(맥더프 부인은 "살인자!"라고 소리치며 퇴장)

(살인자들이 그녀를 쫓아 퇴장)

/

3장

/

잉글랜드, 왕궁 앞

(맬컴과 맥더프가 등장)

맬컴 황량한 그늘을 찾아 공허한 우리의 가슴 가득
슬픔으로 흐느낍시다.

맥더프 차라리 검을 재빨리 뽑아 몰락하는 조국에
당당히 나서는 훌륭한 인물이 되는 게 어떨까요?
매일 아침 새로운 과부가 울부짖고
새 고아가 눈물짓고
새 슬픔이 천국의 얼굴을 때리는 소리가
스코틀랜드에 슬픔의 멜로디로 전해지는 것
같습니다.

맬컴 믿을 수 있다면 신념대로 울부짖을 겁니다.
시간을 들여 바로 잡을 거고.
당신 말이 어쩌면 맞을 수도 있어요.

이 반역자, 우리의 혀가 부르트도록 터져 나오는

그 이름은 한때 신뢰의 대명사였죠.

우리는 그를 몹시 사랑했어요.

그는 아직 당신을 건들지 않았죠.

난 어리지만 당신이 날 잘 이용하면

그에게 얻을 것이 있다는 것쯤은 알아요.

분노의 화신을 달래려면 지혜가 약하고

가여운 순진한 양을 바쳐야 하니까.

맥더프　전 반역자가 아닙니다.

맬컴　맥베스가 반역자지. 훌륭하고 미덕이 넘치는

본성은 황제의 자리에 오르며 사라졌죠.

하지만 난 당신의 동의를 구해야 해요.

내 생각을 고스란히 주입시킬 수는 없으니까.

가장 밝은 천사가 타락해도 여전히 환하듯

나쁜 것들도 은총이라는 가면을 걸쳐도

그 뒤에 숨은 본성이 드러나는 법이니까요.

맥더프　전 희망을 잃었습니다.

맬컴　사실 나도 의구심이 드는군요.

왜 아내와 자식을 놔두고 온 거죠?

소중한 동반자이자 강력한 사랑의 결실을

왜 함께 데려오지 않은 겁니까? 참 안타깝군요.

질투로 당신의 명예를 실추하려는 게 아니고

안전을 위해섭니다. 내가 무슨 생각을 하든
당신이 옳을지도 모르죠.

맥더프 피 흘리는, 피 흘리는 가여운 나라!
엄청난 폭정이 토대에 깔리고 선함은
감히 당신을 막아서지 못합니다.
잘못 생각하신 겁니다. 자리를 지키세요.
이만 물러가겠습니다.
전 당신이 생각하는 그런 악당이 아닙니다.
사방이 독재자의 손아귀에 들어 있고
부유한 동쪽 땅을 준다고 할지라도요.

맬컴 상처받지 마세요. 난 당신이 완전히 두려움에
떨고 있다고 말하는 게 아닙니다.
우리나라가 굴레 아래로 가라앉고 있는 것
같아요. 그래서 흐느끼고 피 흘리고
매일 상처에 새로운 생채기가 나고 있죠.
내 권리로 할 수 있는 일이 있을 거고
이 은혜로운 잉글랜드에서 훌륭한 군사를
파병해줄 겁니다. 하지만 내가 반역자의 머리를
가져오거나 내 검으로 찔렀다고 한들
내 가여운 조국은 전보다 더한 악덕이 설치고
더 많은 고통과 잡다한 일이 벌어질 겁니다.
새 왕위 계승자로 인해서 말이죠.

맥더프 그게 누구인가요?

맬컴 바로 납니다. 내 속에는 모든 악덕의 입자들이
결집되어 있어요. 그것들이 튀어나오면 속이
시꺼면 맥베스조차 흰 눈처럼 깨끗해 보일 거고
가여운 백성들은 내 끝없는 해악과 비교해
그를 순한 양으로 생각하겠지요.

맥더프 끔찍한 지옥의 군대가 올지라도 맥베스보다
더 악랄하진 못합니다.

맬컴 그는 피 묻히길 좋아하고 호사스럽고
탐욕스러우며, 거짓을 말하고 기만하며 사악하고
그 밖의 죄란 죄는 다 가지고 있습니다.
하지만 내 관능에는 바닥이 없지요.
당신의 아내, 딸들, 노부인들, 하녀들도
내 욕망의 수조를 채울 수 없고
방해되는 게 있다면 곧바로 압도해버릴 만큼
강하죠. 그런 내가 통치하는 것보다 맥베스가
나을 겁니다.

맥더프 끝없는 방종은 폭군을 낳습니다.
그래서 궁극적으로 행복한 왕좌가 비게 되는
거죠. 그렇게 많은 왕이 자리를 떠났습니다.
하지만 아직 두려워할 필요는 없어요.
자신의 몫을 챙기는 일이니까요.

전하의 쾌락은 아직은 덜하지만 때가 되면
많이 누릴 수 있을 겁니다.
여자들은 충분하니까요. 전하 속에 수많은 걸
탐하는 독수리가 자리하고 있어서는 안 됩니다.
위대함에 헌신한다면 욕정은 차츰 줄어들
겁니다.

맬컴 거기에 끊이지 않는 탐욕도 나의 잘못된 성품 중
하나지요. 내가 왕이 되면 귀족들의 땅을
몰수하고 그들의 보석과 저택들도 원할 겁니다.
많이 가질수록 더욱 허기져 선하고 충직한
이들에게 부당한 논쟁을 벌여 그들의 재산을
몰수하고 파멸시킬 테지요.

맥더프 탐욕은 여름철 피어오르는 욕망보다
더 깊이 들러붙고 더 치명적으로 뿌리 내려
살인자 왕들의 검이 되었습니다.
하지만 두려워 마세요. 스코틀랜드에는
전하만을 위한 재물이 충분하고 그것들은
은총과 더불어 모두 온건히 전하의 것입니다,

맬컴 하지만 난 아무것도 가진 게 없어요.
왕은 은총을 얻고 정의, 진리, 절제, 안정, 관용,
인내, 자비, 겸손, 헌신, 억제, 용기, 강인함이
필요한데 말입니다. 난 전혀 그렇지 못하고

여러 악덕만을 품고 행동할 뿐이지요.

만약 내가 왕이 되면 달콤한 화합이란 우유를

지옥에 쏟아버리고 우주와 지상의 평화를

다 깨버리고 말 거예요.

맥더프 아, 스코틀랜드, 스코틀랜드!

맬컴 이런 내가 통치자에 적합하다고 생각한다면

말해보세요. 난 지금까지 말한 그대로니까요.

맥더프 통치자에 적합하냐고요?

아니, 죽는 게 더 낫습니다.

아, 국가의 앞날이 절망적이군요!

자격 없는 독재자의 피 묻은 홀에서

다시금 벗어나는 날은 언제일지.

신성한 혈통을 이어받은 왕자가 자신의 정통성을

모독하고 스스로 저주를 퍼붓다니요?

전하의 아버지는 가장 신성한 통치자셨습니다.

어머니인 왕비께서는 발이 아닌 무릎으로 서서

날마다 고통 속에 사셨습니다.

안녕히 계십시오!

전하께서 반복해서 말씀하신 악덕으로 절

스코틀랜드에서 떠나게 하시는군요.

아, 원통해라. 이곳에 희망이란 없어!

맬컴 맥더프 경, 당신의 고결한 열정이

내 영혼 속 검은 양심을 지우고
진실과 명예로운 사상을 되돌려 놓았습니다.
악마 같은 맥베스가 그의 권력이 이기도록
많은 계략을 꾸며놓아 난 온건한 지혜로움으로
사람을 판단하지 못하고 증오하고 있었습니다.
하지만 하느님께서는 당신과 나의 대화를
지켜보고 계셨어요!
지금 난 생각을 고쳐먹었고 더 이상 자신을
깎아내리는 이야기는 하지 않을 겁니다.
이제 내 악덕을 포기하고 책망하는 마음도
내려놓고 새로운 사람이 될 겁니다.
사실 아직 여자를 모르고 한 번도 거짓을
말한 것이 없고 내 소유물에 대해서도
탐낸 적이 없으며 절대로 믿음을 깨지 않고
악마와 그 추종자들을 따를지언정
배신하지 않고 진실이 아닌 것에 기뻐하지
않아요. 나에 대해 오늘 했던 말이 내가
처음으로 한 거짓말입니다. 이제 나는 진심으로
당신을 믿고 이 가여운 나라를 구하겠어요.
당신이 이곳에 오기 전에 노장 시워드가
1만 군사를 이끌고 전진하고 있었죠.
이제 우리도 합류합시다.

선이 악을 이긴다는 진리를 입증할 기회가
생겼으니! 어째서 입을 다물고 있나요?

맥더프 이렇게 환영할 수 있고 동시에 환영할 수 없는
일이 생기니 선뜻 받아들이기 힘들군요.

(의사가 들어온다)

맬컴 음, 잠시만 기다리세요.
(의사에게) 폐하께서 오셨나?

의사 예, 힘든 영혼들이 치료를 기다리고 있습니다.
그들은 아주 깊은 시험에 빠졌으나 하느님의
손길로 신성함이 전해져 폐하께서 살피시면
전부 자리를 털고 일어날 것입니다.

맬컴 고맙네.

(의사가 퇴장)

맥더프 저자가 말한 병이란 뭔가요?

맬컴 악이 깃든 병입니다.
폐하가 펼치는 선한 기적은 잉글랜드에 머문
이후로 자주 보았습니다.
정말로 천국과 이어지신 분이죠.
환자들이 찾아왔을 때 모두가 눈이 붓고
궤양에 걸려 불쌍하지만 수술해도

나을 가망이 없었는데 폐하께서 그들의 목에
금화 한 닢을 매달고 성스러운 기도를 올리시니
치유의 축복이 내려왔어요. 전하기론
그 치료법을 대대로 전승하실 거라고 합니다.
이 특별한 미덕 말고도 하늘에서 폐하께
예언의 재능을 내려주시고 여러 가지 은총이
왕좌를 둘러싸 위엄을 가득 높일 수 있게
해주었어요.

(로스가 등장)

맥더프 누가 이곳으로 오는데요?

맬컴 우리나라 사람인 듯한데 아직 잘 모르겠군요.

맥더프 내 친절한 사촌 환영합니다.

맬컴 이제 그가 누군지 알겠어요.
맙소사, 하느님 우리를 갈라놓는 수단들을
없애주소서!

로스 아멘.

맥더프 스코틀랜드는 아직 그 자리에 있습니까?

로스 아, 가여운 국가,
상황을 알리기조차 두렵습니다!
우리의 어머니라 부를 수 없고 우리의 무덤이라
하는 편이 낫겠지요. 거기에는 아무것도 없고

그저 아무것도 모르는 사람들만 한때 미소를
짓고 있었습니다.
한숨과 신음과 비명이 공기를 가득 채우고
폭력의 슬픔이 하늘을 뒤덮었습니다.
장례식의 종소리가 들려도 누가 죽었는지
묻지 않고 착한 사람의 목숨은 모자에 꽂은
꽃보다 빨리 시들고 아프기도 전에 죽습니다.

맥더프 아, 너무 암담한 상황이군요!

맬컴 가장 최근에 벌어진 애통한 사건은 뭡니까?

로스 한 시간 전에 사건에 대한 말을 하고 나면
이미 한참 예전의 일이 되고 맙니다.
매시간 새로운 일이 벌어지니까요.

맥더프 내 아내는 어떤가요?

로스 잘 있습니다.

맥더프 내 아이들은?

로스 잘 있습니다.

맥더프 폭군이 그들의 평화를 깨지 않았나요?

로스 네, 제가 길을 나설 때 그분들은 평온했습니다.

맥더프 인색하게 굴지 말고 자세히 말해줘요.
어찌 돼가고 있어요?

로스 제가 기별을 가지고 이곳으로 올 때 많은
훌륭한 동료들이 죽어 나갔다는 가슴 아픈

소문을 들었습니다. 독재자의 군대가 목전에
다가온 걸 목격했습니다.
이제 도움이 필요합니다. 전하가 스코틀랜드에
오시면 병사들이 생길 겁니다.
여성들도 싸움터에 나가겠다고 나설 테죠.
지금 그들은 지독한 곤경을 겪고 있습니다.

맬컴 그들의 안전을 위해 우리가 움직일 겁니다.
자애로운 잉글랜드가 훌륭한 시워드와 1만 명의
군사를 내어줬어요. 기독교 국가를 통틀어
가장 경험 많고 훌륭한 노장이죠.

로스 이 안도감이 좋다고 대답해도 될까요?
하지만 제겐 황량한 공터에 비명이 울려 퍼질
소식밖에 없습니다.

맥더프 뭘 그리도 걱정하는 겁니까?
백성들에 관한 이야기?
아니면 한 사람에 대한 애통한 사연인가요?

로스 비통한 진실을 전해야 하는데,
그 대상은 맥더프 경입니다.

맥더프 내 이야기라면 얼른 말해보세요.

로스 당신의 귀가 제 혀를 영원히 혐오하지 못하게
해주세요. 결코 들어본 적 없는 가슴 아픈
소식을 전해야 합니다.

맥더프 흠! 그렇군요.

로스 당신의 성에 기습 공격이 있었습니다.

부인과 자녀들이 야만적으로 살해당했습니다.

그 살인자 무리의 행태에 관해 더 이상 설명하면

당신의 목숨까지 위험하게 되겠지요.

그러니 전 매너를 지키겠습니다.

맬컴 자비로운 천국이여!

이봐요! 모자를 눈썹 위로 올리세요.

슬프다고 입 밖으로 말하세요.

말하지 않은 슬픔은 아로새겨져 가슴을

무너뜨리지요.

맥더프 내 아이들도 마찬가지로 그렇게 되었다고?

로스 부인, 아이들, 하인들 전부 다 발견되는 대로

목숨을 빼앗겼습니다.

맥더프 그런데 나만 이곳에 와 있었다니!

내 아내도 죽었고?

로스 이미 말씀드렸습니다.

맬컴 마음을 진정시키세요,

근사한 복수라는 치료제를 만들어

이 치명적인 슬픔을 이겨낼 겁니다.

맥더프 맥베스는 자식이 없어요.

내 모든 예쁜 아이들은? 전부라고 했나요?

아, 빌어먹을! 전부?

맙소사, 내 모든 아름다운 닭과 그 새끼들도

한 번에 다 쓰러졌다고?

맬컴 이성을 잃지 마세요.

맥더프 그렇게 하겠습니다.

하지만 전 참을 수가 없습니다.

제게 가장 소중한 사람들을 기억해야 하니까요.

하늘도 무심하시지 그저 바라만 보셨을까?

죄 많은 맥더프, 그들은 모두 너 때문에 죽었어!

그들 자신의 결점 때문이 아니라

나 때문에 영혼을 도륙당했어.

이제 그들은 천국에서 쉬고 있다고!

맬컴 이 비통함을 당신 검의 숫돌로 삼아요.

슬픔을 화로 바꾸고 가슴이 무뎌지지 않고

분노하게 하세요.

맥더프 아, 여자처럼 눈물을 흘리고 주절거릴 수 있다면

좋을 텐데! 하지만 인자한 하느님께서 모든

휴식을 생략하고 내가 정면으로 나서서

이 스코틀랜드 땅과 내 검의 길이만큼 그자에게

대적하게 해주실 거야.

그런데도 그자가 도망친다면 하늘도 그를

용서하신 게야!

맬컴 용기 있는 말씀입니다.

잉글랜드 폐하에게 갑시다.

우리는 준비가 되었고 부족한 것이 없으니

길을 떠나기만 하면 됩니다.

맥베스는 흔들릴 때가 되었고 하늘도 순리대로

해주실 테니. 기운을 내세요.

밤이 아무리 길어도 낮은 찾아오는 법이니까요.

(퇴장)

/

제5막

/

/

1장

/

던시네인. 성의 대기실

(궁 주치의와 기다리던 귀부인이 들어온다)

주치의 이틀 동안 살폈지만 보고서에 담긴
어떤 진실도 확인하지 못했어요.
왕비께서 마지막으로 걸은 게 언제죠?

귀부인 전하가 전쟁터로 가신 뒤
침대에서 일어나 잠옷을 벗어 던지고
옷장을 열어 종이를 꺼내 접고
그 위에 글을 쓰고 읽고 그런 다음 밀봉하고
다시 침대로 가는 걸 봤습니다.
이 모든 일이 깊은 잠에 빠진 상태에서
빠르게 진행되었습니다.

주치의 마음에 엄청난 동요가 생겨
자는 와중에도 깨어 있는 효과를 얻는 겁니다!

그렇게 수면 상태로 걸어 다니는 행동을 하실 때
무슨 말을 하는 걸 들은 적이 있나요?

귀부인 저는 밝히지 않을 겁니다.

주치의 저한테는 알려도 되고, 그래야 합니다.

귀부인 당신도, 다른 누구에게도 안 됩니다.
제 말을 확증해줄 사람이 없으니까요.

(맥베스 부인이 양초를 들고 등장)

귀부인 저기 오시네요!
평소처럼 잠에 빠지신 상태입니다.
가까이서 잘 살펴보세요.

주치의 저 촛불은 어떻게 가지고 온 거죠?

귀부인 바로 옆에 놓여 있던 거예요.
계속 촛불을 켜두라고 시키셨고요.

주치의 보시다시피 눈을 뜨고 계시는군요.

귀부인 네, 하지만 감각은 없는 상태에요.

주치의 왕비께선 지금 뭘 하는 거죠?
손 비비는 모습을 보세요.

귀부인 익숙한 행동인데 손을 씻는 듯 보이네요.
한 시간의 4분의 1을 계속 저렇게 하신답니다.

맥베스 부인 아직도 여기 얼룩이 남았어.

주치의 아, 왕비께서 말씀하시는군요!

입에서 나오는 말을 모두 적어

기록해둬야겠습니다.

맥베스 부인 그만 지워져, 이 빌어먹을 얼룩아!

지워지라고 말했잖아!

하나, 둘, 왜 이번에는 안 지는 거야!

젠장, 번졌어. 에잇, 전하, 왜 이러세요!

장군이 두려움을 느끼다니요?

우리의 두려움을 사람들은 모르잖아요?

아무도 우리의 권력에 도전하지 못하는걸요?

하지만 누가 노인에게 그렇게 많은 피가 있다고

생각이나 할까요?

주치의 저 말 들었어요?

맥베스 부인 파이프의 영주에게는 아내가 있어.

그녀는 지금 어디에 있지? 이 손은 깨끗해질까?

더 이상은 안 돼요, 전하, 더 이상은.

이건 다 당신이 먼저 시작한 거예요.

주치의 어서 가요, 어서!

당신은 알아서는 안 될 걸 알고 있군요.

귀부인 왕비께선 해서는 안 될 말을 하고 있다는 걸

전 확실히 알아요.

하느님만이 그녀가 무얼 아는지 아실 겁니다.

맥베스 부인 아직도 여기서 피 냄새가 나.

아라비아의 모든 향수를 가져다 부은들

이 작은 손을 향기롭게 할 수 없어.

아, 아, 아!

주치의 한숨 소리가! 마음이 슬픔으로 가득 찼구나.

귀부인 전 위엄으로 온몸을 치장한다고 해도

저런 마음을 품고 살진 못할 거예요.

주치의 그래요, 그렇겠죠.

귀부인 하느님께 기도해 주세요.

주치의 이 병은 내 능력 밖입니다.

그러나 몽유병 환자들이 침대에서 조용히

죽는다는 걸 알아요.

맥베스 부인 손을 씻고 잠옷으로 갈아입고

너무 창백해 보이지 않도록 하세요.

내가 말하지 않았던가요, 뱅쿼를 묻었고

그는 무덤에서 나올 수 없어요.

주치의 그래서?

맥베스 부인 침대로 가요, 침대로.

문을 두드리는 소리가 나요.

어서, 어서, 어서요. 손을 주세요.

이미 벌어진 일은 돌이킬 수 없어요.

침대로, 침대로, 침대로.

(퇴장)

주치의 지금 왕비께선 침대로 가시나요?

귀부인 곧바로 가셨어요.

주치의 사방에서 추악한 쑥덕거림이 들려요.

잘못된 행동이 잘못된 문제를 키우고 있어요.

병든 마음이 입도 없는 베개에 비밀을 털어놓게

하는군요. 왕비께는 주치의가 아닌

하느님의 은총이 필요합니다.

하느님, 저희 모두를 용서하소서!

그녀를 잘 돌보세요.

걸리적거리는 걸 다 치워버리고 잘 살피세요.

그럼 이만 가보겠습니다.

왕비님을 보니 마음이 아프군요.

감히 입 밖으로 꺼낼 수는 없지만.

귀부인 안녕히 가세요, 선생님.

(퇴장)

2장

/

던시네인 근처 시골

북소리와 알록달록한 깃발들.

(멘티스, 케이스네스, 앵거스, 레녹스, 병사들이
등장)

멘티스 맬컴, 노장 시워드, 그리고 훌륭한 맥더프가
이끄는 잉글랜드 군대가 가까이 있어요.
그들은 복수심으로 불타고
진정 피를 흘리고 죽음도 불사하며
우리에게 굴욕을 안겨주고 싶어 안달이 나 있죠.

앵거스 버넘 숲 근처인데 그들이 오는 길에
우리가 맞이할까요?

케이스네스 도널베인 왕자님도 자기 형제와 같이 있을지
모르잖아요?

레녹스 절대 그렇지 않습니다.

함께하는 귀족들의 명단이 제게 있습니다.
시워드의 아들도 참전했고 마찬가지로
수염도 나지 않은 많은 청년들이
사내대장부가 되는 첫 여정에 나섰습니다.

멘티스   폭군 쪽은?

케이스네스   커다란 던시네인 성을 강한 요새로
만들었습니다. 누군가는 그가 미쳤다고 하고
증오가 덜한 이들은 그걸 용맹한 분노라고
부르더군요. 확실한 건 그가 규칙이라는
허리띠를 제대로 죄지 못하고 있다는 겁니다.

앵거스   이제 그의 차례군요! 비밀리에 저지른 살인이
손에 달라붙어 지금 시시각각 불신의 가지가
되어 자랐습니다. 다들 명령에 의해 움직일 뿐
왕에 대한 충성심은 전혀 없어요.
지금은 거인의 긴 옷을 소인이 도둑질해 입었을
때처럼 왕좌의 권위가 헐거워진 상태입니다.

멘티스   왕좌에 오르고자 하는 그의 욕망에서 시작된
정신 착란을 누가 어쩔 수 있을까요?

케이스네스   우리도 얼른 가서 진짜 왕에게 충성을 다합시다.
역겨운 번영에 바를 치료제를 찾아
맥베스를 몰아내고 조국을 수호하는데
한 방울도 아낌없이 쏟아부읍시다.

레녹스 군주의 꽃을 이슬로 흠뻑 적시고

잡초를 뽑아버립시다.

자 버넘으로 진격합시다!

(행진하며 퇴장)

/

3장

/

던시네인. 성안의 방

(맥베스, 주치의, 수행원들이 들어온다)

맥베스 더 이상 보고를 올리지 마라.

전부 도망치게 내버려 두라고!

버넘 숲이 던시네인으로 올라올 때까지

난 두려움으로 점철될 일이 없으니까.

애송이 맬컴이?

여자한테서 태어난 자식이 아닌가?

모든 인간의 결말을 아는 정령이 내게 알려줬어.

"두려워 말아요, 맥베스,

여성에게서 태어난 어떤 남자도

당신의 힘에 대적할 수 없어요."

그러니 도망쳐버려라. 거짓말쟁이 귀족 놈일랑

쾌락만 좇는 잉글랜드 놈들과 어울리라지!

난 불굴의 심장을 가졌으니

의심에 사로잡히지도, 두려움에 떨지도 않아.

(하인이 등장)

맥베스 빌어먹은 검은 얼굴에 크림이라도 처발랐느냐!

왜 거위 같은 멀건 몰골로 나타난 거냐?

하인 1만이.

맥베스 거위라도 나타났고?

하인 군인입니다, 전하.

맥베스 허연 백합같이 질려버린 네놈의 얼굴을 벗겨내

벌겋게 만들어주고 싶구나.

군대라도 파견된 거야?

네 놈의 영혼은 이미 죽었어!

허연 뺨이 두려움으로 뒤덮였구나.

군인은 뭐고, 어디서 오는 거지?

하인 잉글랜드 군입니다. 전하.

맥베스 그 면상이 보기 싫으니 당장 꺼져라.

(하인이 퇴장)

맥베스 세이튼, 난 가슴이 아파, 세이튼, 듣고 있느냐!

내가 저들을 밀어버리거나 완전히 밀리거나

둘 중 하나겠지. 난 오래 살았어.

생의 잎사귀가 누렇게 변하며 나이가 들었지.

명예, 사랑, 복종, 친구는 남지 않았구나.

그 대신 깊은 저주와 가벼운 아첨만 들러붙어

부정적인 감정과 두려움을 주고 있어, 세이튼!

(세이튼 등장)

세이튼   부르셨습니까?

맥베스   다른 소식이 있느냐?

세이튼   모든 것이 확정된 대로입니다, 전하.

맥베스   난 싸울 거야. 내 뼈와 살이 뭉개질 때까지.

내 갑옷을 다오.

세이튼   아직 그럴 필요가 없습니다.

맥베스   입을 거야. 기병대를 더 내놓고 국경 주위로 가

두려움을 전하는 자들을 목매달아 죽여버려라.

내 갑옷을 다오.

(주치의에게) 자네의 환자는 어떤가?

주치의   그렇게 심각한 상태는 아닙니다, 전하.

왕비님께선 강한 망상으로 쉬지 못하는

문제가 있으십니다.

맥베스   그 병을 치료해 주게.

마음의 병은 치료할 수 없나?

깊은 슬픔의 기억을 뽑아버리고

뇌에 새겨진 문제를 지워내

위험한 것들로 가득 찬 가슴을 씻어줄

달콤하고 잘 듣는 해독제가 없는 거야?

주치의 환자 스스로가 해결해야 하는 일입니다.

맥베스 의술 따윈 개에게 던져 버려.

하등 필요 없으니까.

자, 내게 갑옷을 입히고 지휘봉을 챙겨다오.

세이튼, 기병대를 내보내.

주치의, 귀족들이 내게서 도망치고 있소.

세이튼, 어서 갑옷을 입혀라.

주치의인 자네가 고칠 수 없다면

내 땅의 모든 물을 뒤져 그녀의 병을 고치고

건강하고 깨끗한 모습으로 돌려놓아.

그러면 자네에게 아주 큰 메아리가 되어

돌아오도록 계속 박수를 쳐줄 테니.

어서 가라고 내가 말했잖아.

루바브, 시멘, 아니면 설사약이

그 잉글랜드 놈들을 괴롭게 할 수 없을까?

여기 온 자들을?

주치의 아, 전하, 저희에게 승전보를 들려주시리라

믿고 있겠습니다.

맥베스 내 뒤를 따라와.

버넘 숲이 던시네인으로 올 때까지
난 죽음과 골칫거리를 두려워하지 않을 거야.

주치의 (방백) 던시네인에서 확실히 도망쳐야 해.
여기 얼씬도 하지 않는 쪽이 좋겠어.

(퇴장)

/

4장

/

버넘 숲 근처 시골

북소리와 깃발.

(맬컴, 노장 시워드와 그의 아들, 맥더프, 멘티스, 케이스네스, 앵거스, 레녹스, 로스, 군인들이 행진)

맬컴 사촌들, 결전의 날이 다가왔습니다.

조국은 곧 안정을 찾게 될 겁니다.

멘티스 저흰 아무것도 걱정하지 않습니다.

시워드 우리 앞에 보이는 숲이 어딘가요?

멘티스 버넘 숲입니다.

맬컴 모든 병사가 가지 아래로 숨어 위장하면

우리 대군의 숫자를 속일 수 있고

저쪽으로 잘못된 정보가 흘러 들어갈 겁니다.

군인들 분부대로 하겠습니다.

시워드 자신감 넘치는 독재자가 여전히 던시네인에

머물며 우리가 오기 전까지 버틸 걸
알고 있지 않습니까?

맬컴 그건 그자의 희망일 뿐
누구도 그를 보좌하지 않고 충성심도 없으며
그저 도망칠 생각만 하고 있으니
우리가 유리합니다.

맥더프 우리가 제대로 짐작한 것인지는 싸워 봐야
알겠지요. 부지런한 군인정신으로 무장합시다.

시워드 때가 되어 행동에 옮기면 우리가 뭘 얻고
뭘 잃게 될지 알게 될 겁니다.
불확실한 생각은 헛된 꿈만 꾸게 하니
움직여서 확실한 결말을 얻어야 합니다.
우리에게 유리하도록 진격합시다.

(행진하며 퇴장)

5장

/

던시네인. 성 내부

(맥베스, 세이튼, 군인들이 북과 깃발을 들고 등장)

맥베스 깃발을 성 외벽에 걸어라.

여전히 "그들이 온다!"는 비명이 들리는구나.

우리 성은 강인한 요새니 포위할 수 없을 거야.

네놈들이 여기서 죽게 놔둘 거야.

기아에 허덕이고 학질로 신음하든 말든.

우리 편에 있어야 할 놈들까지 다 도망가지

않았느냐? 아니면 잉글랜드 놈들을 제대로

두들겨 패 돌려보냈을 것인데.

성안에서 여성들의 비명이 들린다.

맥베스 무슨 소리냐?

세이튼 여성들의 울음소리입니다, 전하.

(퇴장)

맥베스 두려움이 무엇인지 줄곧 잊어버리고 있었군.
시간이 흘렀고 내 감각은 밤의 비명에도
아무렇지 않아. 공포로 머리가 쭈뼛쭈뼛 서던
암울한 날들도 있었지. 지금도 공포에 잔뜩
질려야 마땅하겠지. 하지만 내 마음은 살육에
둔감해져 끔찍함 따위에 놀라지 않아.

(세이튼이 다시 들어온다)

맥베스 어디서 난 비명 소리냐?
세이튼 전하, 왕비님이 돌아가셨습니다.
맥베스 죽음이란 언제고 찾아올 것을.
그런 말이 전해질 줄 알았다.
내일, 내일, 내일이 날마다
이 좁은 보폭 사이로 비집고 들어와
시간의 마지막 음절로 향하고 있구나.
우리의 모든 어제는 죽음의 길을 밝히는
촛불일 뿐! 살아 있지만 어둠이 되어 버린
가여운 대상이 무대에서 자신의 시간을
재촉하고 있는데 아무도 모르지.

바보가 들려주는 이야기와 같거든.

분노와 절규로 가득 차 있지만

전혀 중요할 것 없는 소리니까.

(전령이 등장)

맥베스 혀를 놀리려고 왔구나. 어디 말해봐라.

전령 감사합니다, 전하.

제가 본 것을 보고드려야 하는데

어떻게 해야 할지 모르겠습니다.

맥베스 어서, 말해봐.

전령 언덕에서 번을 서면서 버넘을 쳐다보고 있는데

숲이 움직이기 시작하는 것 같았습니다.

맥베스 거짓말!

전령 사실이 아니라면 전하의 벌을 달게 받겠습니다.

약 5킬로미터 거리에서 나무들이 움직이는 것이

보입니다. 움직이는 덤불입니다.

맥베스 네가 거짓을 말한다면 나무에 산채로

목을 매달아 굶주린 자들의 먹이가 되게 하겠다.

네 말이 진실이라면 이렇게 달려와 전해준

소식이 신경 쓰이는구나. 내겐 해결책이 있지만

의구심이 생기는 건 어쩔 수가 없어.

그럴듯하게 보이도록 꾸며낸 걸지도 몰라.

"버넘 숲이 던시네인에 오기 전까지 두려워
마라," 그리고 지금 숲이 던시네인으로 오고
있다니. 무장하고 밖으로 나가라!
네 놈이 진실이라고 단언하는 것들이 나타나면
여기서 도망치거나 지체하지 않을 거야.
해를 쳐다보는 것도 피곤하구나.
아무렇지 않은 이곳이 넌덜머리가 난다.
경종을 울려라! 바람아 불어라!
와서 다 부숴버려라!
적어도 갑옷은 걸치고 죽게 해다오.

(퇴장)

/

6장

/

던시네인. 성 앞

(맬컴, 노장 시워드, 맥더프, 그들의 군대가 위장을
하고 북과 깃발과 함께 등장)

맬컴   이제 충분히 가까이 왔습니다.

잎사귀로 가린 것들을 내려놓고

본모습을 보이세요.

존경하는 삼촌,

당신의 고결한 아들인 제 사촌과 함께

우리의 첫 전투를 이끌어주세요.

존경하는 맥더프와 저희는 남은 다른 것들을

순서에 따라 처리하겠습니다.

시워드   부디 몸조심하세요.

오늘 독재자의 군대를 맞아 싸울 수 없다면

우리가 지게 될 겁니다.

맥더프 모든 나팔을 불어 그들에게 신호를 보내라.

떠들썩한 피와 죽음의 전주곡을 연주하라.

(퇴장)

/

7장

/

던시네인. 성 앞

난투.

(맥베스가 등장)

맥베스 저들이 날 오도 가도 못하게 결박했구나.
도망칠 수 없으니 곰처럼 듬직하게 싸울 수밖에.
여자에게서 태어나지 않은 자는 누구지?
그런 자가 없다면 두려워할 인물이 없다.

(아들 시워드가 등장)

아들 시워드 네 놈의 이름이 뭐냐?
맥베스 들으면 무서울 텐데.
아들 시워드 아니, 지옥 불의 뜨거운 이름을 들어도
난 아무렇지 않다.

맥베스 내 이름은 맥베스다.

아들 시워드 악마가 직접 입을 놀리니

더 증오스럽게 들리는구나.

맥베스 그래, 나보다 더 두려운 이름은 없지.

아들 시워드 네놈은 거짓말쟁이에 혐오스러운 독재자야.

내 검으로 너를 심판하겠다.

(둘이 싸움을 벌이고 아들 시워드가 죽는다)

맥베스 넌 여자에게서 난 자식이구나.

여자에게서 난 남자가 휘두르는 어떤 검이나

무기도 난 웃으면서 대적할 수 있다.

(퇴장)

경종 소리.

(맥더프가 등장)

맥더프 소음의 정체가 저거였군.

독재자야, 모습을 드러내라!

내 손으로 네놈의 목을 치지 않으면 내 아내와

자식들의 유령이 날 쭉 따라다닐 거야.

말뚝에 팔이 매달린 허수아비들을 상대할 수는

없다. 맥베스, 네놈을 베지 못할 바에

내 칼은 칼집에 다시 넣는 편이 나아.

너도 그래야지. 요란한 소리가 네놈이 거기
있다고 알려주는구나. 내가 직접 찾겠다.
행운의 여신이여! 그놈을 찾게 해주소서,
이제 더 빌지 않을 테니.

(퇴장)
경종 소리.
(맬컴과 노장 시워드가 등장)

시워드 이쪽입니다, 전하. 성은 회반죽마냥 물렁해서
쉽게 함락할 수 있었습니다.
폭군의 군대가 양쪽에서 싸우고 있고
귀족 영주들도 용감하게 나서는 중입니다.
이제 승리는 전하의 것이고 더 할 일이 없습니다.

맬컴 옆에서 치고 오는 적을 만났는데
우리 편에 서더군.

시워드 성으로 들어가시지요.

(퇴장)
경종이 울린다.

/

8장

/

전쟁터의 또 다른 곳

(맥베스가 등장)

맥베스 왜 내가 로마 멍청이 병정 행세를 하며
검으로 일일이 베야 하지?
저것들이 아직 살아 있으니
깊은 상처를 입히는 편이 좋을 테니까.

(맥더프가 등장)

맥더프 돌아서, 지옥의 개야, 돌아서!
맥베스 다른 모든 사람 중에 너를 피했건만
네가 돌아왔구나. 내 영혼은 이미
영주들의 피로 너무 많이 채워졌어.
맥더프 난 아무 말도 하지 않겠다.

내 검이 곧 내 목소리고
너 같은 피범벅인 악인을 쫓아버릴 테다!

둘이 싸운다.

맥베스　바보 같은 녀석.
아무리 날래게 공기를 갈라도
그 검으로 날 피 흘리게 만들지 못한다.
약한 놈들에게나 찔러 넣어라.
난 마력으로 무장한 몸이고
여성에게서 난 자에게 목숨을 내주지 않는다.

맥더프　어디 그 마력에 절망해봐라.
천사가 여전히 널 지켜주는지 보자고.
이 맥더프는 열 달이 되기도 전에
어머니의 자궁을 가르고 나왔다.

맥베스　혀가 그따위 말을 놀리다니 저주를 받아라!
비겁하구나! 속임수나 부리는 악령들의
말 따윈 이제 못 믿겠다. 약속의 말로
귀를 달콤하게 하고 희망을 깨트리다니.
난 너와 싸우지 않을 거야.

맥더프　그렇다면 항복해라, 비겁한 놈.
온 세상에 그 모습을 드러내 조롱을 당해라.
우리가 널 포획해 막대기에 매달고 보기 드문

괴물처럼 데리고 다니며 구경시켜줄 테다.
"여기 이 독재자를 보라,"고 써 붙여서 말이다.

맥베스 난 항복하지 않아. 어린 맬컴의 발아래
땅에 입을 맞추고 폭도의 저주에 낚여
버넘 숲이 던시네인으로 찾아왔다고 해도.
네가 여성에게서 나오지 않은 자라고 떠들어도
난 마지막까지 맞설 거야.
방패는 벗어 던지겠다!
덤벼라, 맥더프, "항복이다!"라고 처음 비명을
지르는 자가 죽는 거다.

싸움이 벌어진다. 경종이 울린다.

/

9장

/

(철수를 알리는 나팔 소리, 북과 깃발을 들고 맬컴,
노인 시워드, 로스, 다른 영주들과 군인들이 등장)

맬컴　우리가 보지 못한 친구들이 안전하게 도착했길
　　　바랍니다.

시워드　일부는 분명 목숨을 잃었겠지만
　　　내가 본 이들은 아주 잘 싸워줘서
　　　오늘 쉽게 이길 수 있었습니다.

맬컴　맥더프가 보이지 않습니다.
　　　그리고 고귀한 아드님도요.

로스　전하, 아드님은 군인으로서 명예를 세웠습니다.
　　　경험이 부족하지만 주눅 들지 않고
　　　마지막까지 싸우고 남자답게 목숨을 잃었습니다.

시워드　그럼 그 애가 죽었단 말인가요?

로스   네, 그래서 시신을 데려다 놓았습니다.

　　　　홀륭한 아드님을 잃으신 슬픔은 비할 데 없지만

　　　　그렇게 생각하면 끝이 없지요.

시워드   그 애가 얼굴에 상처를 입었나요?

로스   네, 얼굴을 다쳤습니다.

시워드   그렇다면 그 애는 하느님의 군인이 되겠군!

　　　　머리칼만큼 많은 아들이 있다고 해도

　　　　자식이 죽는 걸 바란 적이 없었는데.

　　　　그리고 그의 죽음을 알리는 종소리가 울려 퍼진다.

맬컴   그는 슬픔 이상으로 가치가 있는 인물이니

　　　　기꺼이 묵념하겠습니다.

시워드   이거면 충분합니다.

　　　　자기 역할을 다하고 죽었으니

　　　　하느님께서 그 애와 함께하실 테니까요!

　　　　새로운 위안이 될 겁니다.

　　　　(맥더프가 맥베스의 머리를 들고 들어온다)

맥더프   만세, 전하, 이제 국왕이십니다.

　　　　찬탈자의 저주받은 머리를 보세요.

　　　　시간은 우리의 편입니다.

　　　　전하께서 왕국을 제대로 이끌고

백성들에게 구원이 찾아왔다는 소리가

제 마음속에서 크게 들립니다.

만세, 스코틀랜드 왕이시여!

모두 만세, 스코틀랜드 왕이시여!

번영을 이 찾아왔도다.

맬컴 여러분이 보여주신 사랑에 보답하려면

한 시라도 부족하군요. 영주와 친족들에게는

공작의 작위를 내려 새 스코틀랜드 왕이

처음으로 주는 명예가 되도록 하겠습니다.

그리고 이제 독재자를 피해 달아났던 친구들을

고국으로 불러들여야 합니다.

이 죽은 고깃덩이와 잔당들도 소탕해야지요.

왕비는 잔인한 손으로 스스로 목숨을

끊었습니다. 그 밖에 필요한 일들은

하느님의 은총으로 제때 시간과 장소를 잡아

실행하겠습니다. 여러분 모두에게 감사하며

스콘에서 대관식을 거행할 것이니

모두 참석해 주세요.

(무리 지어 퇴장)

/

옮긴이의 글

/

암시에 약한 자여, 그대 이름은 맥베스!

과학이 종교보다 강력한 권력을 구사하고 있는 현대 사회에서 우리는 여전히 불가사의와 미스터리, 예언, 도시 괴담, 무속 신앙과 같은 비상식적인 요소들에 이끌린다. 궁합, 타로, 혈액형, 요즘 세대들이 열광하는 MBTI까지 종류도, 체계도, 기반도 다양한 잣대들이 여러 분야에서 넘쳐나고 있다.

재미 삼아 살피고 넘기면 그만이라지만 사람의 심리란 그렇게 간단하지 않아서 의미 없는 말에 큰 의미를 부여하기도 하고 흘려보내서는 안 될 중요한 것을 놓치기도 한다. 아무리 지식과 교양이 넘친다 해도 결국 우리는 불완전한 인간이니 말이다.

영국을 대표하는 극작가인 셰익스피어를 모르는 이는 매우 드물 것이다. 그의 생가와 극작가로 성공 후 구입한 저택이 고스란히 보존된 스트랫퍼드어폰에이번은 지금도 셰익스피어의

도시로 각광받으며 각종 문화 행사와 투어 등이 왕성하게 이루어지고 늘 관광객으로 붐빈다. 문학에 관심이 없는 사람도 셰익스피어의 4대 비극이 〈햄릿〉, 〈맥베스〉, 〈리어왕〉, 〈오셀로〉라는 것쯤은 상식 수준에서 알고 있을 것이다. 이 4대 비극 중 가장 마지막에 완성된 〈맥베스〉의 정식 타이틀은 〈맥베스의 비극〉이다.

중세 스코틀랜드를 배경으로 한 〈맥베스의 비극〉은 주인공 맥베스의 악행과 그에 따른 비극적 인생을 섬세한 심리 묘사로 그려낸 작품이다.

용맹한 장군 맥베스는 코더 성의 영주가 노르웨이의 왕과 결탁해 벌인 반란을 진압하고 척박한 황야의 자욱한 안개를 뚫고 고국으로 돌아오는 길에 괴상한 마녀 세 자매를 만난다. 그녀들은 맥베스에게 절을 올리며 코더의 영주이자 장차 왕이 되실 분이라고 칭송하며 그와 함께 있던 뱅쿼에게는 자손이 왕위에 오를 거라는 알쏭달쏭한 말을 남기고 연기처럼 사라진다. 잠깐 귀신에 홀린 거라고 생각한 두 사람 앞에 나타난 왕의 신하가 맥베스가 새로운 코더의 영주가 되었다는 사실을 전하자 그는 동요하기 시작한다. 마녀의 말이 적중했기 때문이다. 뱅쿼는 경계하라고 조언하지만 나름 팔랑귀(?)였던 맥베스는 마녀의 예언을 등에 업고 왕권을 꿈꾸기 시작한다.

당시 덩컨 왕에게는 두 아들 맬컴과 도널베인이 있었고 왕은 맬컴에게 작위를 내리며 그가 차기 왕좌의 주인임을 공표한다.

맥베스는 주인이 정해져 있는 그 자리가 마녀들의 예언처럼 자기 것으로 주어졌다고 굳게 믿고 눈앞에 놓인 장애물을 모조리 없애버리기로 한다.

그러나 충직한 신하였던 그는 자애로운 덩컨 왕을 살해하길 주저한다. 이때 남편보다 야심이 큰 맥베스 부인이 그를 부추긴다. 부인은 남편의 우유부단함을 꼬집으며 왕이 자기들의 성에서 묵는 날 밤 그를 죽이고 죄를 왕의 수행원들에게 뒤집어씌우자고 설득한다. 일을 쉽게 처리하기 위해 주변인들을 술에 취하게 만드는 주도면밀함까지 갖춘 간 큰 맥베스 부인에 비해 전투에서 물러섬이 없었던 장군 맥베스는 납덩이처럼 무거운 양심 때문에 어쩔 줄 모른다.

문학에서 암시는 뜻하는 바를 간접적으로 나타내는 표현이지만 심리학에서는 이성이 아닌 언어적 자극을 통해 의미를 전달하는 방식이다. 반복적인 암시는 개인에게 긍정적 혹은 부정적으로 크게 작용할 수 있다. 해괴한 요물들이라고 생각했던 존재가 던진 수수께끼 같은 말 중 하나가 들어맞자 맥베스는 그들에게 갑자기 절대적인 믿음을 보이며 나머지 예언도 들어맞을 것이라 믿고, 혹은 들어맞게 하려고 인간으로서, 신하로서 저질러서는 안 되는 반역과 배신이라는 큰 악행을 실천으로 옮기게 되었다. 또한 가장 가까운 부인이 그를 위로해 주며 악행의 당위성을 뒷받침해 주었기에 암시가 저주가 되어 그를 집어삼키고 만 것이다.

왕이 되려고 왕을 없애고, 왕이 될 자들을 범인으로 몰아 쫓아버리고, 왕좌에 올라서조차 후대를 걱정해 다른 예언의 주인공인 뱅쿼와 그의 아들까지 죽이는 이 살인 퍼레이드의 끝은 과연 어디일까?

스스로의 영혼을 파멸로 인도한 암시의 힘이 얼마나 큰지, 형체 없는 말에 속아 넘어가고, 그로 말미암아 양심의 가책으로 고통받는 인간은 얼마나 나약한 존재인지 셰익스피어는 〈맥베스의 비극〉을 통해 우리에게 제대로 일깨워주고 있다. 아울러 선과 악, 천국과 지옥, 권력과 복종이라는 시대를 추월한 주제를 근본적으로 다루고 있다는 점에서 작가와 이 작품이 수백 년이 지난 지금도 매력적으로 다가오는 것이 아닐까 짐작해 본다.

/

윌리엄 셰익스피어 연보

/

1564년   영국 스트랫퍼드어폰에이번에서 아버지 존 셰익스 피어와 어머니 메리 아든의 셋째이자 장남으로 태어남. 4월 26일 세례를 받음.

1582년   11월 8살 연상 앤 해서웨이와 결혼.

1583년   첫째 딸 수잔나 태어남. 5월 26일 세례를 받음.

1585년   쌍둥이 아들 햄닛과 딸 주디스 태어남. 2월 2일 세례를 받음.

1588-90년   홀로 런던으로 떠남.

1589년   「헨리 6세」 제1부 집필.

1590년   「헨리 6세」 제2부, 제3부 집필.

1592년   「헨리 6세」 제1부 상연. 「리처드 3세」, 시집 『비너스와 아도니스』, 「실수 희극」 집필.

1593년   시집 『비너스와 아도니스』 출간. 「타이터스 앤드로니커스」, 「말괄량이 길들이기」 집필.

1594년	시집 『루크리스의 겁탈』 출간. 「베로나와 두 신사」, 「사랑의 헛수고」, 「존 왕」 집필. 〈궁내 장관 극단〉 창설.
1595년	「리처드 2세」, 「로미오와 줄리엣」, 「한여름 밤의 꿈」 집필.
1596년	아버지 존 셰익스피어가 문장 사용을 허가받아 '신사'로 서명이 가능해짐. 「베니스의 상인」, 「헨리 4세」 제1부 집필.
1597년	〈글로브 극장〉 설립. 「윈저의 즐거운 아낙네들」 집필.
1598년	「헨리 4세」 제2부, 희극 「헛소동」 집필.
1599년	「헨리 5세」, 「줄리어스 시저」, 「뜻대로 하세요」 집필.
1600년	「햄릿」, 「윈저의 즐거운 아낙네」 집필.
1601년	아버지 존 셰익스피어 사망. 「십이야」, 「트로일로스와 크레시다」 집필.
1602년	「끝이 좋으면 다 좋아」 집필.
1603년	〈궁내 장관 극단〉의 명칭이 〈왕의 극단〉으로 변경됨.
1604년	「자에는 자로」, 「오셀로」 집필.
1605년	「리어왕」 집필.
1606년	「맥베스」, 「안토니오와 클레오파트라」 집필.
1607년	어머니 메리 아든 사망. 「코리오레이너스」, 「아테네의 타이먼」, 「페리클레스」 집필.

1609년	「심벌린」 집필. 『소네트집』 출간.
1610년	런던에서 고향 스트랫포드로 돌아옴. 「겨울 이야기」 집필.
1611년	「태풍」 집필.
1612년	존 플레처와 「헨리 8세」 집필.
1613년	존 플레처와 「고결한 두 친척」 집필. 「헨리 8세」 공연 중 화재로 글로브 극장이 소실됨.
1614년	글로브 극장 재개관.
1616년	딸 주디스 결혼. 4월 23일 윌리엄 셰익스피어 사망.
1623년	아내 앤 헤서웨이 사망. 동료 배우 존 헤밍과 헨리 콘델이 36개 극이 수록된 최초의 극전집 『제1 이절판』 출간.

옮긴이 **공민희**

부산외국어대학교를 졸업하고 영국 노팅엄 트렌트 대학교 석사 과정에서 미술관과 박물관, 문화
유산 관리를 공부했다. 현재 번역 에이전시 엔터스코리아에서 번역가로 활동 중이다.
옮긴 책으로는 『상속 게임』, 『보이지 않는 것들』, 『절대 말하지 않을 것』, 『초판본 작은 신사들(작
은 아씨들 3)』, 『이상한 나라의 앨리스 초판본 리커버 디자인』, 『와인으로 얼룩진 단상들』, 『음탕
한 늙은이의 비망록』, 『죽음 앞에서 선택한 완벽한 삶』, 『벽 속에 숨은 마법 시계』, 『당신이 남긴
증오』, 『기억의 제본사』, 『무솔리니 운하』, 『난민, 세 아이 이야기』, 『혼자 있고 싶은데 외로운 건
싫어』, 『명작이란 무엇인가』, 『유대인 수용소의 두 자매 이야기』 등 다수가 있다.

미래와사람 시카고플랜 002

맥베스

초판 인쇄 2022년 09월 28일
초판 발행 2022년 10월 06일

지은이   윌리엄 셰익스피어
옮긴이   공민희
기획   엔터스코리아
펴낸곳   미래와사람
펴낸이   송주호
편집   권윤주, 박성화
디자인   권희정

등록   제2008-000024호 2008년4월1일
주소   서울시 관악구 신림로 129-1
전화   02)883-0202   팩스   02)883-0208

ISBN 979-11-6618-441-3 04800
     979-11-6618-418-5 (세트)